ひとみ

h i t o m i

成井豊＋真柴あずき

Yutaka Narui
+
Azuki Mashiba

論創社

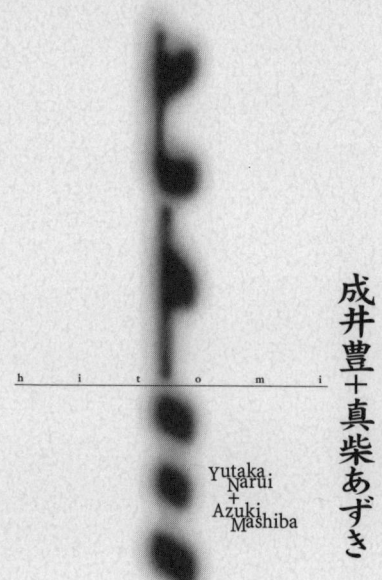

ヒトミ

写真撮影
山脇孝志（カバー）
伊東和則（本文）
ブックデザイン
ヒネのデザイン事務所＋森成燕三

目次

ヒトミ

HITOMI

登場人物

水谷ヒトミ（ピアノ教師）
小沢（楽器店勤務）
岩城（脳神経外科医）
佐久間（精神科医）
大友（整形外科の研修医）
郁代（ピアニスト・ヒトミの母）
典子（ホテルのオーナー・ヒトミの友人）
朝比奈（ホテルのフロント・マネージャー）
若杉（ホテルの雑用係）
あつこ（ホテルの客室係）

1

ヒトミが椅子に座っている。周りには、数人の男女が立っている。みんながヒトミを見つめている。その中の一人が、ヒトミに歩み寄る。白衣を着て、ファイルを持っている。

岩城　さあ、立って。

ヒトミが頷き、ゆっくりと立ち上がる。手は椅子をつかんだまま。

岩城　震えてますね？
ヒトミ　ええ。何だか、急に高い所へ来たみたいで。
岩城　目の位置が高くなっただけです。膝を伸ばして。体を真っ直ぐにしてください。
ヒトミ　真っ直ぐですね？（と膝を伸ばす）
岩城　いいでしょう。椅子から手を放して。
ヒトミ　大丈夫でしょうか？
岩城　倒れたら、また立てばいいんです。時間はたっぷりある。

ヒトミ　はい。

ヒトミが椅子から手を放す。よろけて、椅子に手をつく。が、すぐに手を放して、体をまっすぐにする。

岩城　歩いてみましょう。右足を、ゆっくり前に出して。

ヒトミ　怖いです。

岩城　あなたは自分の力で立ち上がったんだ。歩くことだって、きっとできる。

ヒトミ　……。

岩城　さあ。

ヒトミが正面を見る。ゆっくりと右足を前に出す。バランスを崩して、よろめく。が、なんとか踏み止まって、岩城を見る。岩城がうなずく。ヒトミが再び正面を見つめる。ヒトミが深呼吸する。周りの人々も深呼吸する。ヒトミが両手を見つめる。周りの人々も両手を見つめる。ヒトミが両手を空にかざす。周りの人々も両手を空にかざす。ヒトミが足元を見つめる。周りの人々も足元を見つめる。ヒトミが右足を一歩前に出す。周りの人々も右足を一歩前に出す。ヒトミがゆっくりと歩き始める。周りの人々もゆっくりと歩き始める。最初はひきずるように。次第に力強く。岩城が去る。周りの人々も去る。それでも、ヒトミは一人で歩き続ける。

そこへ、小沢がやってくる。

小沢　ヒトミ！

ヒトミ　お母さんに会った？　今までここにいたんだけど。
小沢　いや。どこかですれ違ったのかな。
ヒトミ　じゃ、大友先生には？
小沢　会ってないよ。でも、どうしてそんなことを聞くんだ？
ヒトミ　小沢君、今日も車？
小沢　ああ。（とヒトミの顔を覗き込んで）おまえ、顔色が真っ青じゃないか。立ってないで、ベッドに横になった方がいいんじゃないか？
ヒトミ　私、典子に会いに行きたい。
小沢　これから？　そんなこと、できるわけないだろう。
ヒトミ　大友先生も、すぐに行った方がいいって。
小沢　外出してもいいって言ったのか？　信じられないな。
ヒトミ　電話があったのよ。すぐに来てくれって。
小沢　典子さんから？
ヒトミ　違う。たぶん、ホテルの人だと思う。
小沢　典子さんに何かあったのか？
ヒトミ　車に撥ねられて、病院に運ばれたんだって。小沢君、どうしよう。
小沢　どうしてそれを先に言わないんだ。ひどい怪我なのか？
ヒトミ　わからない。だから、心配なんじゃない。
小沢　そうか。典子さんのホテルって、下田だったよな？　今から出れば、十時には着くだろう。

ヒトミ　連れていってくれるの？
小沢　当たり前じゃないか。さあ、行こう。

小沢がヒトミに手を差し出す。ヒトミがその手を握る。二人が歩き出す。ヒトミが立ち止まり、振り返る。

小沢　さあ、ヒトミ。

ヒトミがうなずく。二人が去る。

2

七月一日の夜。下田あじさいホテルのロビー。
若杉がやってくる。椅子に座って、新聞を読み始める。そこへ、朝比奈がやってくる。

朝比奈 あれ？　こんな所にいたんだ、若杉君。
若杉 （新聞を読みながら）お疲れ様です。
朝比奈 新聞なんか読んじゃって、ずいぶん暇そうですね。ところで、さっき頼んだ仕事、やっておいてくれましたか？
若杉 仕事？
朝比奈 ＦＡＸですよ。三〇一号室に届けてくれって言ったでしょう？
若杉 あーあー。（とポケットを探る）
朝比奈 探したって見つかりませんよ。私がここに持ってるんだから。（とポケットから紙片を出す）
若杉 あっ、返せ！
朝比奈 返せとはなんですか。まるで、私が泥棒でもしたみたいじゃないですか。
若杉 違うんですか？

朝比奈　ピアノの上に置きっ放しになってたんですよ。その横には、ポテトチップの袋も転がってました。（とポケットから袋を出して）君って人は、ピアノとゴミ箱の区別もつかないんですか？

若杉　ちょっと置いといただけですよ。（と紙片と袋を取って）捨ててくればいいんでしょう、捨ててくれば。

朝比奈　FAXは捨てるんじゃありませんよ。

若杉　いちいち言わなくても、わかってますよ。

朝比奈　いいえ、わかってません。君がウチのホテルに初めて来た日、私はなんて言いました。このピアノはオーナーの宝物です。くれぐれも粗末に扱わないように。そう言いましたよね？　それなのに、君と来たら、ゴミを捨てたり、上に寝転がってエッチな本を読んだり。

若杉　読んでませんよ。このゴミだって、オーナーが「車を出せ」って言うから、仕方なく。

朝比奈　それはいつの話ですか。

若杉　五時すぎだったかな。

朝比奈　FAXが届いたのが四時三十一分。君に渡したのが四時三十三分。で、今は？

若杉　（時計を見て）あれ、もう十一時か。オーナー、遅いですね。

朝比奈　私はオーナーの話をしてるんじゃありません。君の仕事に対する姿勢を問うているんです。

若杉　でも、寄り合いは九時まででしょう？　いくらなんでも遅すぎませんか？

朝比奈　二次会で、カラオケでも行ったんでしょう。そろそろ帰ってきますよ。

若杉　でも、なんだか胸騒ぎがするんだ。もしかして、オーナーの身に何かあったんじゃ。

朝比奈　何かって何です。

若杉　たとえば車に轢かれて、病院に担ぎ込まれて、うわごとで「若杉君……」て呟いてるとか。
朝比奈　どうして君の名前を呟くんです。
若杉　エへへ。（と照れる）
朝比奈　いいから、FAXを届けてきなさい。三秒以内に行かないとクビですよ。

そこへ、ヒトミと小沢がやってくる。

小沢　すいません。
朝比奈　いらっしゃいませ。ご予約ですか？
小沢　いや、そうじゃなくて——
朝比奈　ご予約がなくても大丈夫ですよ。今日は、いいお部屋がたくさん残ってますから。
若杉　（小沢に）つまり、ガラガラなんですよ。
朝比奈　君はFAXを届けてきなさい。（小沢に）お二人様ですね？　ダブルでもツインでもご用意できますが。
小沢　違うんです。俺たちは泊まりに来たんじゃなくて——
朝比奈　お食事ですか。生憎、レストランの営業は午後八時までなんですよ。
若杉　朝比奈さん。この人たち、お客さんじゃないんじゃないですか？
朝比奈　失礼なことを言うんじゃありません。このホテルに一歩でも入ったら、たとえコーヒーを一杯飲みに来ただけでも、立派なお客様なんです。（小沢に）ねえ？

小沢　いいえ、あなたは間違ってます。
朝比奈　え？
ヒトミ　私たち、典子に会いに来たんです。池田典子。
若杉　ウチのオーナーですか？　あなた、オーナーの知り合い？
ヒトミ　ええ。
若杉　（朝比奈に）ほらね？
朝比奈　いいから、君はＦＡＸを届けてきなさい。（ヒトミに）まあ、立ち話というのもなんですから、こちらへどうぞ。

ヒトミ・小沢・朝比奈がソファーに座る。

朝比奈　失礼ですが、オーナーとはどういうご関係で？
ヒトミ　友達です、小学校からの。（小沢を示して）この人は私の同僚です。
小沢　（朝比奈に）こんな時間になっちゃって、すいません。電話をもらって、すぐに飛び出してきたんですが。
朝比奈　あの、電話っていうのは？
若杉　決まってるじゃないですか、オーナーですよ。
朝比奈　若杉君。
若杉　（小沢に）どうせ、「暇だから、遊びに来て」とか何とか言われたんでしょう？　申し訳ないけど、オーナーは今、ホテル協会の寄り合いに行ってるんですよ。そろそろ帰ってくると思うけど。

小沢　（ヒトミに）どういうことかな？

ヒトミ　さあ。

朝比奈　（小沢に）何か？

小沢　あの、事故のことは聞いてないんですか？

朝比奈　事故って？

小沢　彼女の所に電話があったんです。典子さんが車に撥ねられて、病院へ運ばれたって。

朝比奈　誰から？

ヒトミ　それが、名前を名乗らなかったんです。私は、こちらのホテルの方かと思ったんですけど。

若杉　やっぱり、俺の思った通りだ。（朝比奈に）俺の胸騒ぎは、やっぱりオーナーが原因だったんですよ。

朝比奈　しかし、オーナーに何かあったら、まずここへ連絡が来るはずでしょう？

若杉　（ヒトミに）電話があったのはいつですか？

ヒトミ　六時すぎだったと思います。

朝比奈　ちょうど食事をしてた頃ですね。

若杉　俺はピアノの上で仮眠を取ってた頃だ。

朝比奈　何ですって？

若杉　でも、事務所にはあつこさんがいました。あの人も眠ってて、電話に出なかったのかな。

朝比奈　君とは違いますよ。
若杉　じゃ、伝え忘れたとか？
朝比奈　こんな大事なことを？
若杉　あつこさんの家に電話してみましょうか？
朝比奈　それより、救急病院の方が先だ。本当に事故に遭ったんだとしたら、あそこに運ばれてるはずですから。
若杉　わかりました。

若杉が走り去る。

朝比奈　そう言えば、まだお名前を伺ってませんでしたね。私はこのホテルでフロント・マネージャーをつとめております、朝比奈と申します。
ヒトミ　初めまして、水谷です。
朝比奈　水谷さん？　もしかして、下のお名前はヒトミさんじゃないですか？
ヒトミ　ええ。
朝比奈　やっぱりそうでしたか。さっき、小学校からの友達だって仰ったでしょう？　それで、ピーンと来たんです。
ヒトミ　私のこと、典子から聞いてるんですか？
朝比奈　まさか、こうしてお会いできるとは思ってもいませんでした。お体の方はもう大丈夫なんですか？

ヒトミ　ええ。もうすっかり。

朝比奈　（小沢に）本当ですか、ご主人？

ヒトミ　変な呼び方をしないでください。この人はただの同僚です。

小沢　（朝比奈に）小沢です。初めまして。

そこへ、若杉が戻ってくる。

若杉　話し中でした。どうしましょう。

朝比奈　じゃ、直接、救急病院へ行ってきてください。そこにいなかったら、あつこさんの家とか、寄り合いがあった場所とか。

若杉　任せてください。あっ！

朝比奈　どうしました？

若杉　ＦＡＸはどうしましょう？（と紙片を差し出す）

朝比奈　そんなの、後で私が届けてきますよ。（と紙片を取って）さあ、早く。

若杉　行ってきます。

若杉が走り去る。

小沢　（朝比奈に）すいません、電話を貸してもらえますか？
朝比奈　どうぞどうぞ。事務所にあるのを使ってください。ご案内しますよ。
小沢　（ヒトミに）大友先生に報告しろよ。「無事に着きました」って。
ヒトミ　いいよ。
小沢　どうして。あの人、今頃、心配してるぞ。
ヒトミ　（時計を見て）もう十一時じゃない。とっくに帰ってるよ。
小沢　俺はまだ病院にいると思うな。いなかったら、看護師さんに伝言してもらえばいいんだ。
ヒトミ　　（朝比奈に）電話はどこですか？
やめてよ、小沢君！
小沢　何だよ、急にムキになって。
ヒトミ　だって、典子のことがまだはっきりしてないのに、自分のことなんて。
朝比奈　あの、良かったら、コーヒーでもお持ちしましょうか？
小沢　いや、お構いなく。
朝比奈　そう言わずに、一杯だけ。お二人とも、お疲れになったでしょう。
小沢　俺は元気です。
ヒトミ　（朝比奈に）私も元気です。でも、コーヒーは飲みたいな。
朝比奈　じゃ、あなたの分だけいれてきましょう。その前に、もう一度だけ確認させてください。お
　体の方は本当に大丈夫なんですか？
ヒトミ　もうほとんど治ってるんです。今はリハビリをしてるだけで。

朝比奈　そうですか。でも、私はオーナーから、全く違う話を聞いてるんですよ。ヒトミさんはとても大きな怪我をしたって。あれは確か、去年のちょうど今頃でしたよね？
小沢　ええ。六月です。
朝比奈　あの時、オーナーは泣いてました。何とか命は取り留めたけど、もう元の体には戻らないって。
ヒトミ　（うつむく）
小沢　ヒトミ？　どうかしたのか？　ヒトミ！

ヒトミが立ち上がる。と、自動車の急ブレーキの音。ヒトミがソファーに倒れ込む。

小沢　夏はすぐそこまで来ていた。駅前の花壇には、青と赤紫のあじさいが競い合うように咲いていた。俺はいつもの喫茶店に行き、いつもの席に座った。そして、用意してきた科白を何度も呟いた。時々、窓の外を覗いて、彼女の姿を探した。そのうち、雨が降り出した。約束の時間になっても、彼女は来なかった。大切な人に何か起きると、胸騒ぎがすると言う。が、それは嘘だ。俺は頭のてっぺんから爪先まで幸せだった。彼女はきっとウンと言うだろう。ありがとうと言って、泣くかもしれない。俺たちは必ず幸せになれる。それは、春が過ぎれば必ず夏が来るように、確かなことだと思われた。しかし、彼女は来なかった。俺たち二人にも、ついに夏は来なかった。

小沢・朝比奈が去る。

3

一年前の六月二十二日の朝。平和堂大学医学部付属病院の病室。
ヒトミがベッドで眠っている。そこへ、郁代がやってくる。郁代はバッグからタオルを取り出し、ヒトミの額を拭う。横の椅子に座り、ヒトミの顔をぼんやり見つめる。そこへ、小沢がやってくる。果物籠を持っている。

小沢　おはようございます。
郁代　小沢君、また来てくれたの？　お店の方は？
小沢　ここへ来る前に、顔を出してきました。昼までに戻れば、大丈夫です。
郁代　昨夜、ちょっとだけ目を覚ましたのよ。一生懸命話しかけたんだけど、何も答えてくれなかった。
小沢　そうですか。
郁代　でも、血圧や心拍数はかなり安定してきてるのよ。意識が戻るのも、時間の問題だろうって。あ、これは昨日も言ったわね。
小沢　ええ。あ、これ。（と果物籠を差し出す）

郁代　（受け取って）ありがとう。でも、こんなことしてくれなくていいのに。
小沢　いや、違うんです。これは俺からじゃなくて、彼女のクラスの子供たちから。
郁代　そうなの？
小沢　面会謝絶だって言ったら、これを持っていってくれって。
郁代　うれしいわ。ヒトミが聞いたら、きっと喜ぶと思う。
小沢　彼女、子供たちに人気があるんですよ。教え方もうまいし。彼女のクラスに入った子は、すぐにピアノが好きになるんです。
郁代　小沢君はピアノ、弾くんだっけ？
小沢　俺はギター専門です。高校の時に、友達とバンドを組んで――
郁代　もしかして、ビジュアル系？
小沢　まさか。ビートルズのコピーから始めて、ライブハウスまで行ったんですけど、結局ダメで。かと言って、音楽以外にやりたいこともなかったし。
郁代　それで、楽器屋さんに就職したんだ。
小沢　今は、プロになれなくて良かったと思ってます。おかげで、彼女と知り合うことができたし。
郁代　今でも弾いてるの、ギター？
小沢　たまに、気分がムシャクシャした時とか。
郁代　わかるわかる。私も何かイヤなことがあると、すぐにピアノに向かうの。気づいた時には五時間経ってたってこともあるわ。若い頃の話だけど。
小沢　あの、お母さんは大丈夫ですか？

郁代　何が？
小沢　何だか、疲れてるみたいだから。
郁代　そんなことないわよ。昨夜だって、付添い用のベッドで寝たし。飛行機の中で寝るより、よっぽど快適だった。

そこへ、大友がやってくる。ファイルを持っている。

大友　おはようございます。ヒトミさんの様子はどうですか？
郁代　ずっと眠ったままです。
大友　今日でもう三日目ですからね。焦らなくても、そのうち目を覚ますでしょう。
郁代　（小沢に）整形外科の大友先生。ヒトミの手術をしてくださったの。
大友　（小沢に）僕は横で見てただけです。まだ研修医なんで。お母さん、睡眠はちゃんと取ってますか？
郁代　先生までそんなことを言うの？　私、そんなに情けない顔をしてます？
大友　昨日よりむくんでますね。
郁代　これは生まれつきです。
大友　血色だって良くない。たまにいるんですよ。一生懸命看病しすぎて、一緒に入院しちゃう人。
郁代　私は平気です。
大友　でも、先はまだ長いんだ。くれぐれも無理はしないでください。

小沢 （郁代に）じゃ、俺はそろそろ。
郁代 あと十分だけいい？
小沢 ええ、何か？
郁代 先生、この人にヒトミの首のことを説明していただけませんか？
大友 こちらの方は？
郁代 ヒトミの同僚の小沢さん。一番大切なお友達なんです。
小沢 彼女の首、どうかしたんですか？
郁代 あなたにも本当のことを知っておいてほしいのよ。ヒトミの意識が戻る前に。
小沢 悪いんですか？
郁代 先生、お願いします。
大友 わかりました。（小沢に）ヒトミさんはトラックに撥ねられて、コンクリートの縁石の上に落ちました。ちょうど首の部分から。体の全体重が首の一点にかかって、非常に強い衝撃を受けたんです。
小沢 首の骨が折れたんですか？
大友 まあ、先を急がないで。あなたもご存じかもしれませんが、人間の首は頸椎という骨によってできています。頸椎の数は全部で七本。中は空洞になっていて、脳から出てきた神経の束が入っています。これは、頸椎と区別するために、頸髄と呼ばれているんですが。
小沢 頸髄、ですか。
大友 脳の命令を体の各部分に伝える、神経の大動脈です。人間が生きていく上で非常に大切なも

小沢　のなので、頸椎によって守られているというわけです。が、実は非常に脆くて、強い圧迫を受けると、簡単に潰れてしまう。（と果物籠からバナナを取って）たとえば、バナナを強く握ると、皮は破れなくても、中身がグチャグチャになってしまうように。

大友　まさか、彼女の頸髄が——

小沢　頸椎にはヒビが入っただけでした。しかし、頸髄の方は潰れてしまった疑いが強いんです。まあ、はっきりしたことは、意識が回復して、詳しい検査をしてみないとわかりませんが。（とバナナを果物籠に戻す）

大友　頸髄が潰れると、どうなるんですか？

郁代　それは潰れた場所によります。七本ある頸椎のうち、上から四番目までだったら、助からないところでした。

大友　（小沢に）呼吸機能が駄目になっちゃうんですって。

小沢　（小沢に）ヒトミさんの場合は五番目でした。ここの神経が断裂すると、体を動かすことができなくなるんです。脳が足に「動け」と命令しても、首の所で止められてしまう。当然、足は動きません。

大友　ヒトミがそうなるんですか？

小沢　今は、そうなる可能性が高いとしか言えません。

郁代　ヒトミの足が動かなくなるんですか？

小沢　足だけじゃないのよ。

（大友に）どういうことですか？

大友　頸椎のもっと下の方、六番目か七番目だったら、下半身だけで済むんです。
小沢　それじゃ……。
大友　最悪の場合、全身が動かなくなります。
郁代　（小沢に）ごめんなさいね、いきなりこんな話をして。
小沢　いいえ、そんな。（大友に）治らないんですか？
大友　頸髄が完全に潰れているとしたら、今の医学ではどうしようもありません。
小沢　でも、潰れてない可能性だってあるんでしょう？

ヒトミが目を開ける。

郁代　先生、ヒトミが。（とヒトミに駆け寄る）
大友　気がつきましたか。
ヒトミ　（何か言う）
郁代　（聞いて）病院よ。あなた、事故に遇ったのよ。覚えてる？
大友　何て言ってます？
郁代　（聞いて）覚えてるそうです。
大友　（ヒトミに）あなたのお名前は？　年はいくつですか？
郁代　（聞いて）大丈夫。ちゃんと答えてます。
大友　（ヒトミに）どこか痛い所はありませんか？

27　ヒトミ

郁代　（聞いて）「首が痛い」って言ってます。
大友　（ヒトミに）他には？
郁代　（聞いて）「首がすごく痛い」って。（ヒトミに）そうよ。あなたは首を強く打ったの。
大友　（ヒトミに）僕はあなたの担当医です。大友と言います。気分はどうですか？　眩暈とか吐き気とかしませんか？
ヒトミ　（少し大きな声で）いいえ。
郁代　本当に何ともないの？　あなたは三日間、ほとんど眠ったままだったのよ。
ヒトミ　いつ帰ってきたの？
郁代　私？　私は一昨日の夕方。ロンドンで報せを受けて、慌てて飛行機に飛び乗ったの。
ヒトミ　ごめんね。
郁代　何言ってるのよ。あなたが元気になるまで、ずっとそばにいるからね。
ヒトミ　ありがとう。
郁代　そうそう。小沢君も来てるのよ。昨日も一昨日も来てくれたんだから。
小沢　（果物籠を持ち上げて、ヒトミに）これ、おまえのクラスの子供たちから、お見舞いだ。後で、お母さんと食べてくれ。
ヒトミ　そうだ。ピアノ教室は……。（と顔をしかめる）
大友　無理にしゃべらない方がいいですよ。幸い、命に別状はなかったけど、肋骨が二本と、左足の脛骨が折れてるんです。最低一カ月は安静にしてないと。
ヒトミ　（何か言う）

郁代　何？（と耳を近づける）
大友　どうしました？
郁代　（聞いて）「麻酔をしてるのか」って聞いてます。
大友　麻酔？
郁代　（聞いて）「首は痛いけど、それ以外はどこも痛くない」って。
大友　そうですか。（とヒトミの手をつかんで）今、あなたの右手をつかみました。何か感じますか？
郁代　（聞いて）感じないそうです。
大友　（胸の名札を外して、針をヒトミの手に刺す）
郁代　先生！
大友　（ヒトミに）今のは？
郁代　（聞いて）本当に？　本当に何も感じないの？
小沢　先生。
大友　（ヒトミに）首を打った衝撃で、体の神経が麻痺しているんです。午後になったら、詳しく検査しましょう。それまで、ゆっくり休んでてください。
郁代　（ヒトミに）おなかが空いてるでしょう？　バナナでも食べる？（とバナナを取るが、すぐに戻して）それより、リンゴの方がいいかな？
ヒトミ　私、喉が乾いた。
郁代　わかった。何か冷たいものでも買ってくるわね。（と果物籠を持つ）

郁代が去る。小沢と大友が顔を見合わせる。大友がうなずいて、去る。

4

七月一日の夜。下田あじさいホテルのロビー。
ヒトミが椅子に座っている。小沢がその横に立っている。そこへ、朝比奈がやってくる。水の入ったコップをヒトミに渡す。ヒトミが飲む。

朝比奈 気分はどうです？ 少しは落ち着きましたか？
ヒトミ ええ、もう大丈夫です。ごちそうさまでした。（とコップを差し出す）
朝比奈 （受け取って）しばらく横になった方がいいんじゃないですか？
ヒトミ 本当に大丈夫です。ちょっと眩暈がしただけですから。
小沢 久しぶりに外へ出て、疲れたんだろう。四時間も車に乗りっ放しだったし。
朝比奈 東京からノン・ストップで来たんですか？
小沢 下田の町に入るまでは、わりとスムーズだったんですよ。でも、ナビゲーターが道を間違えて。
ヒトミ （朝比奈に）私、小六まで、この町に住んでたんです。ここにも、何度か来たことがあるんで、覚えてると思ったんですけど。
朝比奈 ウチのホテルはわかりにくいところにありますからね。おかげで、ちっとも客が来ない。

小沢　でも、いいホテルじゃないですか。目の前に海があるし。
朝比奈　海はあるけど、岩だらけです。水泳もサーフィンもできません。おかげで、客は年寄りばっかり。
小沢　でも、静かでいいじゃないですか。
朝比奈　まるで、神社かお寺みたいですよね。たまに、若い女性が一人で来たりすると、緊張しちゃうんです。裏口を出た所に、崖がありましてね。自殺するのに、ちょうど手頃な高さなんですよ。
ヒトミ　前に、自殺した人がいるんですか？
朝比奈　いません。去年、若杉君が酔っ払って、あと一歩ってところまで行ったんですが。そう言えば、若杉君、遅いな。
小沢　典子さん、病院にはいなかったんじゃないですか？　事故っていうのは何かの間違いで。

そこへ、若杉がやってくる。後から、典子もやってくる。

若杉　ただいま帰りました。
朝比奈　オーナー！　無事だったんですか？
典子　あ、それ、ちょうだい。（と朝比奈の手からコップを取って飲む）
朝比奈　事故には遭ってなかったんですね？　怪我なんかしてなかったんですね？
典子　見ての通りよ。ピンピンしてるわ。（とコップを朝比奈に渡して）ヒトミ。

ヒトミ　久しぶり。
典子　嘘。月に一度はお見舞いに行ってるじゃない。
ヒトミ　でも、先月は来てくれなかった。
典子　そうだっけ？　いや、ウチのホテルもいろいろ大変でさ。それにしても、ビックリしたよ。まさか、あんたがここに来るなんて。しかも、小沢さんと一緒に。
小沢　どうも。
典子　小沢さんとは、本当に久しぶりよね。最後に会ったのは、ヒトミが入院する前じゃない？
朝比奈　ほらほら、三人で池袋のカラオケに行った時よ。
オーナー、思い出話は後にして、きちんと説明してください。こんな時間まで、どこをほっつき歩いてたんです。みんな心配してたんですよ。
典子　仕方なかったのよ。ホテル協会の会長さんが、どうしても聞きたいって言うから。
朝比奈　何を。
典子　私の『ペッパー警部』を。
朝比奈　やっぱり、カラオケですか。心配して、損しちゃったな。
小沢　でも、無事で良かったじゃないですか。
朝比奈　（若杉に）君の胸騒ぎも、あてになりませんね。
若杉　とんでもない。オーナーはあとちょっとで死ぬところだったんですよ。
小沢　本当ですか？
若杉　俺の車の前に、いきなり飛び出してきたんですよ、「若杉君！」て。俺の反射神経が鈍かったら、完全に轢き殺してました。
朝比奈　なるほど。君の胸騒ぎは、君が原因だったんですね。
典子　（ヒトミに）私が車に撥ねられたって、電話があったんだって？
小沢　それで、慌てて飛び出してきたんです。
典子　（ヒトミに）私のことを心配してくれたのはうれしいよ。でも、こんな所まで来ちゃって、平気なの？
ヒトミ　会いたかったのよ、典子に。
典子　私に？
ヒトミ　会って、話がしたかったの。二人だけで。
若杉　それにしても、あの電話は何だったんでしょうね。ただのイダスラかな。
朝比奈　イタズラにしては、度が過ぎてますよ。一体何のためにやったんです。
若杉　俺じゃねえよ。
小沢　そうか、わかった。
典子　どうしたの、小沢さん？
小沢　俺たちは騙されてたんだ。電話なんて、初めからなかったんですよ。
朝比奈　しかし、ヒトミさんは確かに電話を受けたんでしょう？
小沢　俺は知りません。ヒトミがそう言ったから、信じただけで。
典子　ちょっと待ってよ。小沢さんは、ヒトミが嘘をついたって言うの？
ヒトミ　典子、小沢君の言う通りよ。

典子　ヒトミ。

ヒトミ　皆さん、ごめんなさい。私、皆さんを騙してました。

朝比奈　何のために。

ヒトミ　どうしても典子に会いたかったんです。それだけなんです。

小沢　大友先生のことも騙したのか？

ヒトミ　先生には何も言ってない。

小沢　じゃ、許可を取ったっていうのも嘘だったんだな？

ヒトミ　（うなずく）

小沢　病院に電話するんだ。今すぐ。

ヒトミ　それは明日の朝でいいでしょう？

小沢　おまえがしないなら、俺がする。（朝比奈に）電話を貸してもらえますか？

ヒトミ　電話して、どうするのよ。「黙って出てきて、ごめんなさい」って謝るの？

小沢　「すぐに帰ります」って言うんだ。車を飛ばせば、三時までには着く。

ヒトミ　私は帰らない。今夜はここに泊まる。

小沢　ヒトミ、いい加減にしろよ。

ヒトミ　私は一年も病院の中にいたの。外へ出たのは一年ぶりなのよ。一晩ぐらい、私の好きにさせてくれてもいいじゃない。

小沢　その科白は大友先生に言うべきだったんだ。俺じゃなくて。（朝比奈に）電話はどこですか？

典子　小沢さん、待って。
小沢　（朝比奈に）確か、事務所でしたよね？　案内してもらえますか？
典子　お願い。ヒトミのワガママを聞いてあげて。
小沢　あなたはヒトミの体が心配じゃないんですか？
典子　心配よ。でも、今から車で帰るなんて、無茶だと思わない？　ヒトミも小沢さんも疲れてる。途中で何かあったら、どうするのよ。
小沢　俺は平気です。運転には自信があるし。
典子　帰るのは明日の朝でいいじゃない。今夜は、私とゆっくり話をさせて。ヒトミの気が済むまで。
小沢　でも――
典子　（ヒトミに）そのかわり、あんたは病院に電話するのよ。「明日、必ず帰ります」って。
ヒトミ　わかった。
典子　若杉君、ヒトミを事務所に案内してあげて。ついでに、空いてる部屋があるかどうか、見てきてくれる？
若杉　見なくても、ガラガラですよ。
典子　悲しいこと言わないでよ。じゃ、ルームキーを取ってきて。シングルとツインを一つずつ。
若杉　わかりました。（ヒトミに）こっちです。

ヒトミ・若杉が去る。

朝比奈　オーナー、あの人は本当にヒトミさんなんですか？
典子　そうよ。
朝比奈　でも、オーナー、それなのに、あの人は前に言いましたよね？　ヒトミさんは、二度と動けない体になったって。
典子　あの人は自分の足で歩いてる。まさか、生霊？
朝比奈　そうじゃなくて、ヒトミは本当に動けないの。首から下が全部、麻痺してるから。
典子　え？　しかし……。
朝比奈　ああやって歩けるのは、ハーネスを着けているからなのよ。
典子　ハーネス？
小沢　それにしても、意外だったな。ヒトミが小沢さんと一緒に来るなんて。（小沢に）あなたたち、半年前に別れたんじゃなかったの？
　　　俺の気持ちは変わってません。一年前からずっと。

そこへ、ヒトミが戻ってくる。ルームキーを二つ持っている。

典子　どうだった？
ヒトミ　凄く怒られちゃった。あと五分遅かったら、警察に連絡してたって。（とルームキーを差し出す）
典子　（受け取って）大友先生って人？
ヒトミ　そう。もちろん、ちゃんと謝ったよ。明日、必ず帰るって約束した。

朝比奈　あれ？　若杉君はどこへ行ったんですか？
ヒトミ　シャワーを浴びてくるって言ってましたよ。走り回って、汗をかいたから。
朝比奈　信じられないな。まだ仕事中なのに。（と行こうとする）
典子　朝比奈さん、お説教の前に、小沢さんを部屋へ案内してあげて。（とルームキーを差し出す）
朝比奈　（受け取って）そうですね。遠くのバカより、近くのお客様ですね。（小沢に）こちらへどうぞ。
小沢　（ヒトミに）明日の朝、八時にここで会おう。約束したからな。
典子　おやすみなさい。

小沢・朝比奈が去る。

典子　ここへ来たの、十五年ぶりよね？　どう？　昔と全然変わってないでしょう？
ヒトミ　そうね。（とピアノを見る）
典子　懐かしいでしょう、このピアノ。音だって、ちゃんと昔のままよ。
ヒトミ　（耳をすまして）波の音も、昔のまま。
典子　じゃ、行こうか。（とルームキーを見て）いやだ。これ、一番安い部屋じゃない。せっかく二人で泊まるんだから、デラックスルームにしよう。ちょっと待ってて。

典子が去る。

5

半年前の十二月十一日の昼。平和堂大学医学部付属病院の病室。
ヒトミがベッドで寝ている。そこへ、郁代がやってくる。

郁代　ごめんね、遅くなっちゃって。大友先生は？
ヒトミ　まだ。
郁代　良かった。ここへ来る途中で、ピアノ教室の前を通ってね。ちょっと寄ってきたのよ。
ヒトミ　どうして？
郁代　もうすぐ、クリスマスの発表会じゃない？　あなたのクラスの演奏が見たいんじゃないかと思って、ビデオの録画を頼んできたの。
ヒトミ　誰に？
郁代　もちろん、小沢君よ。あの人、喜んで引き受けてくれた。
ヒトミ　そう。
郁代　「最近、顔を見せないわね」って言ったら、「すいません」て謝られちゃった。あなた、あの人に何か言ったの？

ヒトミ　別に。
郁代　でも、前は毎日来てたのに。あの人、本当はあなたに会いたいんじゃない？
ヒトミ　私は会いたくない。会っても、何も話すことがないし。

そこへ、大友がやってくる。ファイルを持っている。

大友　こんにちは。そろそろ時間ですけど、いいですか。
郁代　どうぞどうぞ。重大なお話って、何なのかしら。
大友　まあまあ、慌てないで。今日は、お二人に紹介したい人がいるんですよ。（奥に向かって）どうぞ、入ってください。

岩城・佐久間がやってくる。それぞれ、ファイルを持っている。

大友　ウチの病院には、様々な分野の研究者がいます。一人で研究している人から、専門の違う人が集まって、協同で研究しているチームまで。その中で、今、最も注目されているのが、お二人の参加しているチームなんです。こちらはチームの責任者で、脳神経外科の岩城先生。
岩城　（ヒトミに）はじめまして。
大友　（ヒトミに）そして、こちらが精神科の佐久間先生。
佐久間　（ヒトミに）こんにちは。

大友　（ヒトミに）お二人が研究しているのは、脳の命令を直接筋肉に伝える装置なんです。その装置が完成すれば、ヒトミさんはまた動けるようになるんです。

郁代　本当ですか？

岩城　我々はその装置をハーネスと呼んでいます。

ヒトミ　ハーネス？

岩城　正式な名称は「ニューロハーネス」。これを着ければ、あなたは事故の前と同じように動くことができる。立ち上がることも、走ることもできるんです。

郁代　そんなことが、本当に？

佐久間　できると思います。今はまだ試作品の段階ですけど。

大友　ヒトミさんはその装置の開発モニターに選ばれたんですよ。

ヒトミ　装置って、どんな物なんですか？

岩城　大友君の報告によると、あなたの頸髄は第五頸椎の部分で完全に断裂している。普通に考えれば、あなたの体は一生動かないままです。

郁代　一生？

岩城　ええ。これは否定できない事実です。今までの所は。

郁代　そうですか。

岩城　事故で片腕を失った人には、義手がある。その人の神経を義手につなぐ技術は、すでに開発されている。つまり、失った腕は、再び取り戻すことができるんです。しかし、二つに分かれた頸髄をつなぐのは、非常に難しい。手の神経と違って、組織が複雑ですからね。クローン技術が発達して、頸髄が再生できるようになれば、話は別ですが。

大友　（ヒトミに）そういう研究をしている人もいるんですよ。でも、実現するのは十年以上も先の話でしょうね。

岩城　（ヒトミに）だったら、いっそのこと、頸髄そのものを取り替えたらどうか。それが、私の研究の出発点でした。もちろん、頸椎の中から頸髄を抜き取り、かわりに人工頸髄を埋め込む、という意味ではありません。頸椎の中でなく、体の外に人工頸髄を着ける。つまり、バイパスという方法です。脳の発した命令を、一端、体の外へ出して、ハーネスで筋肉まで伝えるんです。

佐久間　お母さん、今の話、理解できました？

郁代　いいえ、あんまり。

佐久間　そうでしょうね。じゃ、今度は私から具体的な話を。お母さんは、スカイダイビングを見たことはありますか？

郁代　あります。と言っても、テレビですけど。

佐久間　水谷さんは？

ヒトミ　私もテレビです。

佐久間　ダイブしてる人の姿を思い浮かべてください。どんな服を着てますか？　胸から腰にかけて、パラシュートをつなぐための装置を着けてるでしょう？　あれがハーネスって言うんです。

大友　（ヒトミに）「ニューロハーネス」って名前は、そこから付いたんですよ。

岩城　（ヒトミに）しかし、あれほど重くはないし、動きの邪魔にもならない。厚さは平均して一ミリ。一番厚くなる首の部分でも、たったの三ミリ。服を着てしまえば、全くわかりません。

大友　（ヒトミに）どうです？　すばらしい装置でしょう？

郁代　ええ、でも……。

大友　何か心配でもあるんですか？

郁代　その装置を着けるには、手術が必要ですよね？　今のヒトミに耐えられるでしょうか？

岩城　その点はご安心ください。脳の命令を受け取るために、ごく小さな電極を埋め込むだけです。オペは至って簡単です。

郁代　装置を着けた後は？　後遺症とかはないんですか？

佐久間　それは何とも言えません。何しろ、まだ試作品の段階ですから。

ヒトミ　私の他に、装置を着けた人は？

佐久間　いないわ。あなたが初めてよ。

ヒトミ　つまり、私は実験台になるんですね？

岩城　実験ではない。開発です。私は、ハーネスの性能に関しては百パーセントの自信を持っている。しかし、あなたが着けることによって、さらに改良すべき点が見つかるかもしれない。あなたには、ぜひとも積極的に意見を言ってもらいたい。ハーネスを開発するチームのメンバーとして。

郁代　でも、もしものことがあったら。

佐久間　その時は、すぐに外せばいいんです。私たちは水谷さんの安全を最優先に考えるつもりです。無理強いは絶対にしません。

郁代　本当ですね？

大友　イヤになったら、いつでもやめられる。決めるのはヒトミさんなんですよ。

ヒトミ　でも、どうして私なんですか？

岩城　あなたが若くて、頸髄以外はきわめて健康だからです。骨折も順調に回復した。関節が固まらないように、毎日リハビリもしてますよね？

郁代　はい。手も足も、私が毎日動かしています。

岩城　結構。寝たきりの状態になってから、まだ半年しか経ってない。体力もさほど衰えていないはずです。

ヒトミ　私が条件に合っているのはわかりました。でも、その装置が必要な人は、他にもいっぱいいるでしょう？

佐久間　あなたには必要じゃないって言うの？

ヒトミ　(岩城に) 私が水谷郁代の娘だからですか？

岩城　どういうことです？

ヒトミ　名前の売れたピアニストの娘なら、成功した時に話題になりますよね？

郁代　ヒトミ。

岩城　お母さんは関係ない。重要なのは、あなた自身がピアニストだということです。体が動かせるようになったら、まず最初にピアノを弾いてほしい。ピアノの腕前が元に戻ったら、その時こそ、ハーネスは完成したことになる。

大友　ヒトミさん、気が進まないんですか？

ヒトミ　そうじゃありません。もう一度、動けるようになるなら、どんなことだって。
大友　だったら、やってみましょうよ。
郁代　ヒトミ、どうする？
ヒトミ　お母さんはどう思う？
郁代　あなたが決めるのよ。あなたの人生なんだから。
ヒトミ　（岩城に）ハーネスを着ければ、すぐに動けるようになるんですか？
岩城　すぐにというわけには行きません。しばらくリハビリが必要です。
佐久間　（ヒトミに）元通りに動けるようになるまで、最低一年はかかると思って。
郁代　そんなに？
佐久間　（ファイルを持ち上げて）人間はどうやって物を持ち上げますか？　まず、最初に重さを感じる。それから、どれぐらいの力を入れれば持ち上がるか、無意識のうちに判断しますよね？　でも、水谷さんにはそれができない。
郁代　どうしてですか？
佐久間　体の感覚がないからです。水谷さんにできるのは、動かすことだけ。どれぐらい動いたかは、目で見て、確かめるしかないんです。
大友　ヒトミさんのリハビリは、他の人とは全く違ったものになります。でも、心配しないで。僕が毎日、お手伝いすることになりましたから。
佐久間　（ヒトミに）精神面のケアは私が担当します。困ったことがあったら、いつでも言って。相談に乗るから。

岩城　（ヒトミに）おそらく、非常に辛いリハビリになるでしょう。ハーネスを使いこなすためには、強い精神力が必要です。下手をしたら、あなたの方から、「外してくれ」と言い出す可能性もある。

ヒトミ　そうなったら、死ぬまでこのままなんですよね？

岩城　すべてはあなた次第です。

大友　ヒトミさん、ゆっくりやっていけばいいんですよ。

岩城　（ヒトミに）もう一度、自分の足で歩いてみたいと思いませんか？

郁代　ヒトミ。

岩城　（ヒトミに）もう一度、ピアノが弾きたいと思いませんか？

ヒトミがうなずく。別の場所に、小沢がやってくる。

小沢　ピアノ教室は、俺が働いている楽器屋の二階にあった。俺は時々、階段を昇って、ドアのガラスから教室の中を覗き込んだ。ピアノを弾く彼女を見るために。確かに、お母さんのような才能はなかったかもしれない。が、彼女は誰よりも楽しそうにピアノを弾いた。夏の陽差しを浴びて、元気に走り回る子供のように。あの事故が起きてから、俺は毎日、彼女の病室へ行った。その日、教室であった出来事を、できるだけ詳しく話した。俺は彼女に忘れてほしくなかった。クラスの子供たちのことも。ピアノのことも。しかし、半年後、彼女は言った。ピアノの話はもう聞きたくないと。俺にももう会いたくないと。

岩城・佐久間・大友がファイルを開いて、日誌を読み始める。

岩城　「オペは五時間で終了。出血も、最小限で食い止めることができた。後は、彼女の精神力に賭けるしかない」

佐久間　「三日目。イメージ・トレーニングを開始。本を読んだり、食事をしたり、日常生活の様々な動作を、頭の中で丁寧に再現させる。何回も何回も」

大友　「五日目。右手の指先に意識を集中させてみる。が、ピクリとも動かない」

岩城　「七日目。術後の経過は良好。しかし、体は全く動かない」

佐久間　「九日目。午後のリハビリの最中に泣き出す。途中で切り上げ、今夜はゆっくり休むように勧める」

岩城　「十日目。大友医師に呼ばれて、病室に駆けつける。右手の人指し指がわずかに動いた。彼女も母親も泣いていた。が、これはまだ最初の一歩に過ぎないのだ」

大友　「十五日目。指の一本一本を、独立して動かすことに成功」

佐久間　「二十日目。足首と膝を自分の力で曲げる」

大友　「一カ月目。母親に支えてもらいながらだが、上半身を起こすことができた。予想をはるかに上回る進歩だ」

岩城　「二カ月目。手の届く範囲のものなら、何でもつかめるようになる。本のページも、一枚ずつめくれるようになる」

小沢　そして、三カ月目。ついに、ヒトミは立ち上がった。

岩城がヒトミに歩み寄る。

岩城　さあ、立って。

ヒトミがゆっくりと立ち上がる。手は椅子をつかんだまま。

岩城　震えてますね？
ヒトミ　ええ。何だか、急に高い所へ来たみたいで。
岩城　目の位置が高くなっただけです。膝を伸ばして。体を真っ直ぐにしてください。
ヒトミ　真っ直ぐですね？（と膝を伸ばす）
岩城　いいでしょう。椅子から手を放して。
ヒトミ　大丈夫でしょうか？
岩城　倒れたら、また立てばいいんです。時間はたっぷりある。
ヒトミ　はい。

ヒトミが椅子から手を放す。よろけて、椅子に手をつく。が、すぐに手を放して、自分の力で立ち上がる。

岩城　歩いてみましょう。右足を、ゆっくり前に出して。
ヒトミ　怖いです。
岩城　あなたは自分の力で立ち上がったんだ。歩くことだって、きっとできる。
ヒトミ　……。
岩城　さあ。

ヒトミが正面を見つめる。ゆっくりと右足を前に出す。バランスを崩して、よろめく。が、何とか踏み止まって、岩城を見る。岩城がうなずく。ヒトミが再び正面を見つめる。右足を一歩、前に出す。そして、ゆっくりと歩き始める。最初はひきずるように。次第に力強く。小沢・岩城・佐久間・大友・郁代が去る。

6

七月二日の朝。下田あじさいホテルのロビー。
ヒトミが立っている。そこへ、あつこがやってくる。手にはモップ。椅子に座って、煙草を取り出す。

あつこ ねえ、ちょっと。そこのお姉さん。
ヒトミ 私ですか？
あつこ 他に誰がいるんだよ。（煙草を持ち上げて）火、ある？
ヒトミ 私、煙草、吸わないんです。ごめんなさい。
あつこ あんたが謝ることないよ。そんな所に突っ立って、何してるの。
ヒトミ 海を見てたんです。懐かしいな、と思って。
あつこ 前にも来たことあるんだ、このホテル。
ヒトミ ええ。昔と全然変わってないですね。とっても静かで。
あつこ 周りに何もないからだよ。こんな辺鄙な所に、なんでホテルなんか建てたんだろうね。
ヒトミ でも、のんびりしたい人にはいいんじゃないかな。誰にも邪魔されないし。
あつこ そりゃそうだね。人目を避けたいヤツにはもってこいだ。（と肩をすくめて）今日はちょっ

51　ヒトミ

と寒いね。そんな薄着で、風邪引かないかい？
ヒトミ　大丈夫です。
あつこ　イヤだね、年寄りは。ちょっと温度が下がっただけで、すぐ腰に来るんだ。
ヒトミ　私、普通の人より鈍いんですよ。寒さとか暑さとか、あんまり感じないんです。
あつこ　珍しい体質だね。でも、お金がかからなくていいじゃないか。暖房も冷房もいらないし、服なんか一枚あれば十分だ。

そこへ、小沢がやってくる。ルームキーを持っている。

小沢　（ヒトミに）おはよう。
あつこ　おはよう。
小沢　あ、おはようございます。
ヒトミ　よく眠れた？
小沢　眠れるわけないだろう。それより、支度はいいのか？
ヒトミ　支度って？
小沢　決まってるだろう、帰るんだよ。もう気が済んだだろう？
ヒトミ　私、もう少しここにいたい。
小沢　まさか、もう一晩泊まるって言うんじゃないだろうな？
ヒトミ　悪いけど、先に帰ってくれる？

小沢　ヒトミ、いい加減にしろよ。（とヒトミの腕をつかむ）
あつこ　まあまあ、お兄さん。（と小沢の手を引っ張る）
小沢　（あつこの手を振り払って）何ですか、あなたは。
あつこ　イヤだって言ってるじゃないか。どういう事情か知らないけど、無理に連れて帰るのはどうかと思うよ。
小沢　あなたには関係ないでしょう？
あつこ　確かに、私はあんたのおっかさんでもなけりゃ、妹でもない。でもね、色恋ごとっていうのは、案外他人の方がうまく解決できるものなんだ。
小沢　そんな単純な問題じゃないんです。
あつこ　ワケありだね、あんたたち。
小沢　……。
あつこ　見たところ、夫婦じゃなさそうだね。でも、付き合いは結構長い。五、六年ってところかな。
ヒトミ　そうです。五年です。
あつこ　最近、何か事件があったね？　二人の仲をギクシャクさせる大事件が。
ヒトミ　ありました。一年前に。
小沢　おい、ヒトミ。
あつこ　横から嘴を挟むんじゃないよ。今は、この人の発言中だ。
ヒトミ　私は、「もう来ないで」って言ったんです。会いたくなくなったから。
あつこ　それなのに、この男は諦めなかったわけだ。

小沢　（ヒトミに）典子さんに挨拶してこよう。お世話になりましたって。
ヒトミ　帰りたいなら、一人で帰って。
小沢　おまえを置いて帰れるわけないだろう？（とヒトミの腕をつかむ）
あつこ　まあまあ。（と小沢の手を引っ張って）全く気が短いね、あんたって男は。
小沢　（あつこの手を振り払って）あなたに何がわかるんです。彼女はこんな所にいちゃいけないんだ。
あつこ　こんな所で悪かったね。
小沢　いや、俺は別にそういう意味で言ったんじゃなくて。
あつこ　そんなにウチのホテルがイヤなら、サッサと一人で帰ればいいじゃないか。あんたはとっくの昔に振られたんだろう？
小沢　確かに、俺は振られました。「会いたくない」って言われました。でも、それが彼女の本当の気持ちだとは思えないんです。
あつこ　どうして。
小沢　あの事故が起きるまで、俺たちはうまくいってたんです。
あつこ　うまくいかなくなる前に、どうしてちゃんと捕まえておかなかったんだい。
小沢　あの日に言うつもりだったんだ。
あつこ　何を？
小沢　「結婚してくれ」って。
あつこ　（ヒトミに）知ってた？

ヒトミ　（首を横に振る）
あつこ　若い頃を思い出すね。私も昔は、神々しいぐらいキレイだったんだよ。（小沢に）何だい、その目は。
小沢　いえ、別に。
あつこ　その頃、私には好きな人がいてね。寝ても覚めても、その人の顔が浮かんできて。だから、その人に「結婚してくれ」って言われた時は、顎が外れるほど驚いた。で、つい、バカなことを言っちまったんだ。「私のことが本当に好きなら、今日から百日間、毎日会いに来てくれ」って。そしたら、その人、雨の日も雪の日も来てくれた。風邪を引いて、熱が四十度出た日も来てくれた。おかげで風邪をこじらせて、九十九日目に死んじまった。
ヒトミ　本当ですか？
あつこ　嘘だよ。今のは、私の先祖の小野小町の話。
ヒトミ　あなた、小野小町の子孫なんですか？
あつこ　嘘だよ。でも、途中までは本当さ。十日目に、鼻水を垂らしながら来たのを見て、「もうやめてくれ」って言ったんだ。
ヒトミ　それで、結婚したんですか？
あつこ　ああ。その旦那も、もう死んじまったけどね。いい男だったよ。
ヒトミ　そうでしょうね。
あつこ　あんたも、意地を張るのはやめたらどうだい。
ヒトミ　……。

あつこ　（小沢に）あんたも、もう少し男らしく、余裕を持ったらどうだい。一年待ったんだろう？あと二、三日待ったって、大した違いはないじゃないか。

そこへ、典子がやってくる。

典子　あつこさん、またサボってるの？
あつこ　珍しく若いお客さんがいたから、うれしくて。
典子　朝比奈さんが探してたよ。あつこさんが交替してくれないと、仮眠が取れないって。
あつこ　はいはい、わかりました。

あつこが去る。

典子　目を離すと、すぐにサボるんだから。どうせ私の悪口でも言ってたんでしょう？
ヒトミ　ううん。旦那さんの話を聞かせてもらっちゃった。
典子　もしかして、いい男だって言ってなかった？
ヒトミ　違うの？
典子　亀井静香にそっくりよ。でも、あつこさんはいい男だって言い張るのよね。
ヒトミ　亡くなった人って、記憶の中で美化されちゃうんじゃない？
典子　死んでないよ、旦那さんは。

ヒトミ　え？
典子　七十すぎても現役の漁師で、バリバリ働いてるよ。そんなことより、小沢さんには話をした？
小沢　まだ帰りたくないって話ですか？
典子　私が帰るなって言ったのよ。せっかくここまで来たんだから、もう少しゆっくりしていけって。
小沢　ヒトミがそうしたいって言うなら、仕方ないですよ。
典子　本当に？　じゃ、しばらくここにいてもいいのね？
小沢　（ヒトミに）今日一日だけだ。明日の朝、必ず帰るって約束してくれ。
ヒトミ　どうしてよ。
小沢　どうしてじゃないだろう？　俺はおまえの体を心配して言ってるんだぞ。
ヒトミ　心配なんかしてくれなくていいのよ。私の体のことは、私が一番わかってるんだから。
小沢　それはそうかもしれないけど、おまえをここへ連れてきたのは俺なんだ。
ヒトミ　だから、責任を感じてるわけ？　ここで私が倒れたら、一生後悔しなくちゃいけないから？
小沢　そうじゃない。おまえに何かあったら、俺は――
ヒトミ　やめてよ、そういうこと言うの。
典子　ヒトミ。
ヒトミ　今さらそういうこと言うなんて、卑怯じゃない。
小沢　どういう意味だ。
ヒトミ　事故が起きた時は何も言わなかったくせに。体が動かなかった時は何も言わなかったくせに、

小沢　今頃、「結婚してくれ」なんて。
　　　言おうとしたんだよ、あの時に。「おまえの体が動かなくなっても、俺は全然構わない」って。でも、おまえはそれどころじゃなかった。その日その日を生きるのに精一杯で、周りを見る余裕なんかなかった。だから、待ったんだ。おまえの気持ちが落ち着いたら、話をしようって。それなのに、おまえは「もう来ないで」って。
ヒトミ　私が悪いって言いたいわけ？
小沢　そうじゃなくて、俺の気持ちは変わってないんだ。一年前からずっと。
ヒトミ　信じられると思う？
小沢　信じてもらえないと思ったから、今まで言えなかったんだ。典子さん、ヒトミをお願いします。（とルームキーを差し出す）
典子　（受け取って）一人で帰るの？
小沢　仕事がありますから。（ヒトミに）病院に電話しろよ。「明日、必ず帰ります」って。

　　　小沢が去る。

典子　追いかけなくていいの？　小沢さん、本当に帰っちゃうよ。
ヒトミ　（うなずく）
典子　全く意地っ張りなんだから。でも、電話はしておいた方がいいんじゃない？　今日中に帰るって約束したんでしょう？

ヒトミ　わかってる。後でする。
典子　そう。じゃ、私は仕事に戻るね。お昼までには終わると思うから、それまでピアノでも弾いてて。
ヒトミ　いいよ。
典子　もう弾けるようになったんでしょう？　久しぶりに聞かせてよ。腕が落ちてても、文句言わないから。
ヒトミ　弾きたくない。ピアノはもう弾きたくないの。
典子　わかった。じゃ、ドライブにでも行ってくれば？　運転手は若杉君でいいよね？　今、呼んでくる。

典子が去る。

7

六月十九日の夕方。平和堂大学医学部付属病院の病室。
ヒトミがぼんやりと立っている。そこへ、佐久間・大友がやってくる。佐久間は水の入ったコップを、
大友はスケッチブックとペンを持っている。佐久間がヒトミにコップを渡す。ヒトミが飲む。

佐久間 楽しかった?
ヒトミ ええ、とっても。お水、ごちそうさまでした。(とコップを渡す)
大友 ヒトミさん、高校時代は何部だったんですか? もしかして、バスケット?
ヒトミ 違います、合唱部です。バスケットは、体育の授業でやっただけで。
大友 嘘だ。それにしては、うますぎる。
佐久間 あなたが下手すぎるのよ。横で見てたら、どっちがリハビリしてるのか、わからなかった。
大友 僕は小学校からずっと相撲部だったんです。そうだ。明日は相撲をやりませんか?
佐久間 一人でやりな。(ヒトミに)走り回って、疲れたでしょう。夕食まで、横になってたら?
ヒトミ 私はまだ大丈夫です。大友先生、昨日の続きをやりましょう。
大友 頑張りますね。(とスケッチブックとペンを渡す)

ヒトミが椅子に座り、スケッチブックに文字を書き始める。

佐久間 何を始めるつもり？

大友 見てれば、わかりますよ。

佐久間 （スケッチブックを見て）信じられない。字を書いてるの？

大友 月曜から始めたんです。丸や四角から始めて、今日は平仮名に挑戦です。

ヒトミ これ、読めますか？

大友 読めますよ。実に立派な「ぬ」じゃないですか。

佐久間 「ぬ」じゃないわよ。「な」よ。

ヒトミ 「お」なんですけど。

佐久間 （大友に）謝りなさいよ、水谷さんに。

大友 （ヒトミに）すいませんでした。せっかく、僕の名前を書こうとしてくれたのに。

佐久間 君の名前？

大友 「おおとも」の「お」ですよ。「ぬ」だったら、「ぬーとも」になっちゃうじゃないですか。

ヒトミ 字を書くのがこんなに難しいとは思いませんでした。

大友 でも、凄い進歩ですよ。たったの半年で、ここまでできるなんて。

佐久間 私たちの予想をはるかに上回るスピードよ。でも、それが心配でもあるのよね。

大友 どうしてですか？

佐久間　（ヒトミに）最近、あんまり寝てないでしょう。
ヒトミ　そんなことないですよ。
佐久間　隠してもダメ。昨夜、当直だった看護師に聞いたわ。あなたの部屋だけ、遅くまで灯が点いてたって。
大友　（ヒトミに）まさか、平仮名の練習をしてたんですか？
ヒトミ　本を読んでたんです。一度読み始めたら、止まらなくなっちゃって。
佐久間　本当に？
ヒトミ　本当です。でも、消灯時間を守らなかったのは、よくないですね。今日からはちゃんと寝ます。

そこへ、小沢がやってくる。ケーキの箱を持っている。

小沢　こんにちは。
大友　久しぶりですね、小沢さん。「おざわ」？
佐久間　なるほどね。じゃ、私たちは失礼しましょうか。
ヒトミ　気を遣わないでください。（小沢に）何しに来たの？
小沢　今日は、入院して、ちょうど一年目だろう？　だから、どうしてもお見舞いに来たかったんだ。
大友　そうか、もう一年も経ったのか。
佐久間　どうして気づかなかったのよ。あなた、それでも、担当医？
大友　佐久間先生は気づいていたんですか？

佐久間　（ヒトミに）一年間、よく頑張ったわね。ご苦労さま。
小沢　（ヒトミに）お祝いするようなことじゃないかもしれないけど、ケーキを買ってきたんだ。
（と箱を差し出して）良かったら、食べてくれ。
ヒトミ　……。
大友　（小沢に）これ、一人じゃ、食べきれないんじゃないですか？
小沢　あ、良かったら、先生方もどうぞ。
大友　いいんですか？（と箱を受け取って）いや、さっき、リハビリでバスケットをやりましてね。
体を動かした後は、やっぱり甘い物が一番ですよ。
小沢　ヒトミがバスケットを？
佐久間　今なんか、平仮名を書いてたのよ。ほら、見て。（とスケッチブックを差し出す）
小沢　凄いな、ヒトミ。
ヒトミ　別に凄くない。どうせ誰にも読めないんだから。
小沢　そんなことないよ。これ、「お」だろう？
佐久間　凄いのはあなたよ。よく読めたわね。
大友　ヒトミさん、（と箱を示して）ちゃんとお礼を言わなくちゃ。
ヒトミ　（小沢に）私の好きな店、覚えてたんだ。
小沢　当たり前だろう？　何度も二人で行ったじゃないか。
佐久間　あと半年もしたら、また行けるようになるわよ。
小沢　本当ですか？　ヒトミは退院できるんですか？

佐久間　リハビリが今の調子で進めばね。（ヒトミに）でも、これだけは約束して。無理は絶対にしないって。
ヒトミ　はい。

そこへ、岩城がやってくる。

岩城　大友君、リハビリは終わったのか。
大友　ええ。今日はバスケットをやりました。今は、平仮名の練習を始めたところで。岩城先生は読めますか？（とスケッチブックを差し出す）
岩城　「め」？
大友　ブブー。答えは「ぬ」でした。
佐久間　「お」よ。
岩城　（大友に）こんな物はどうでもいい。ピアノは弾かなかったのか。
大友　ええ、今日はまだ。
岩城　じゃ、今から弾きに行くんだ。水谷さん、いいですね？
佐久間　岩城先生、お客さんが来てるのよ。
小沢　俺はそろそろ帰ります。
大友　え？　今、来たばっかりなのに。
小沢　また、近いうちに来ますから。ヒトミさえよければ。

大友　いいですよね、ヒトミさん？
ヒトミ　（うなずいて、小沢に）今日はありがとう。
小沢　またな。（大友に）それじゃ、失礼します。

小沢が去る。

佐久間　岩城先生、どういうつもり？
岩城　君こそ、どういうつもりだ。バスケットなんかやらせる暇があったら、なぜピアノを弾かせない。
大友　ヒトミさんが、「まだ弾きたくない」って言うんです。
岩城　本当ですか、水谷さん。
ヒトミ　すいません。
岩城　あのピアノはあなたのために用意したんです。リハビリ室に入れるのに、どれだけ苦労したと思ってるんですか。
ヒトミ　わかってます。
岩城　だったら、なぜ弾かないんです。指はもう動かせるはずだ。
大友　（スケッチブックを示して）まだ十分とは言えませんよ。
佐久間　（岩城に）ハーネスをつけてから、まだ半年なのよ。走れるようになっただけでも、奇跡じゃない。

岩城　走れただけでは、完成したとは言えないんだ。

大友　結果を急ぎすぎるのは良くないですよ。ハーネスにだって、まだ改良の余地があるかもしれないし。

岩城　君に何がわかる。ハーネスを作ったのは私だ。

佐久間　確かに、あなたはハーネスのすべてを知ってるでしょう。でも、水谷さんについてはどう？　彼女にどれだけ負担がかかってるか、わかってる？

岩城　それを調べるのは、君の仕事だろう。

佐久間　その私が、無理はさせたくないって言ってるのよ。

岩城　ピアニストにピアノを弾かせることが、なぜ無理なんだ。

佐久間　ハーネスをつけたのがあなただったとしましょう。まだ字もろくに書けないのに、オペをしろって言われたら、どうする？

岩城　するわけがない。オペには人の命がかかってるんだ。しかし、ピアノは違う。

佐久間　違わないわ。水谷さんにとっては、それぐらいピアノが大切なのよ。

岩城　おかしいとは思わないのか？

佐久間　何が。

岩城　私だったら、一日でも早くオペができるようになりたい。字なんか書く暇があったら、メスや鉗子をつかむ練習を始める。

佐久間　それはそうかもしれないけど。

岩城　私は彼女に賭けたんだ。もう一度、ピアノが弾きたいという、彼女の気持ちに。だから、本

大友　物のピアノまで用意した。それなのに、彼女は触ろうともしない。
佐久間　ヒトミさん、どうしてなんです？
大友　大友君。
ヒトミ　だって、確かにおかしいですよ。ピアノが来て、もう一カ月になりますよね？　いつかは自分から弾き始めるだろうと思ってたのに。
岩城　弾きたくないってわけじゃないんです。
佐久間　じゃ、なぜなんです。
ヒトミ　（ヒトミに）今、弾いても、昔のようには弾けないからでしょう？　それを人に聞かれるのがイヤなんじゃない？
大友　そうじゃなくて、怖いんです。
岩城　怖いって、ピアノが？
佐久間　（ヒトミに）あなたがピアノを弾かないなら、ハーネスをつけた意味はないんだ。
岩城　やめてよ、そんな言い方。まるで脅迫じゃない。
佐久間　このチームの責任者は私だ。
岩城　責任者なら、何をしてもいいって言うの？
ヒトミ　彼女に一日でも早く回復してほしいと思うのが、なぜいけないんだ。私は間違ってますか、水谷さん。
岩城　……。
　明日からピアノを弾いてくれますね？

ヒトミが倒れる。大友・佐久間・岩城がヒトミに駆け寄る。

大友 ヒトミさん！

佐久間 （ヒトミに）どうしたの、しっかりして！

岩城 ＩＣＵへ運ぶんだ。（大友に）ストレッチャーを持ってきてくれ。

大友 わかりました。

ヒトミ 大丈夫です。一人で歩けます。（と立ち上がろうとする）

岩城 いいから、無理しないで。（とヒトミの肩に手を回す）

ヒトミ・岩城・佐久間・大友が去る。

8

七月二日の昼。下田あじさいホテルのロビー。
若杉がやってくる。椅子に座って、新聞を読み始める。そこへ、典子がやってくる。

典子　あれ？　ヒトミはどうしたの？
若杉　部屋じゃないですか？　疲れたから、休むって言ってました。
典子　ドライブ、どこへ行ってきたの？　海中水族館？　アジサイ園？
若杉　ヒトミさんが、人の多い所はイヤだって言うんで、小学校へ。
典子　私たちが卒業した？
若杉　鉄棒によりかかって、子供たちがサッカーをやってるのを、ボーッと見てました。俺も横で見てたんですけど、あんまり暇なんで、サッカーに乱入して、シュートを決めてやりましたよ。そしたら、いきなりゴリラみたいな男が走ってきて、「部外者は出ていけ！」って。
典子　その人、菅野先生じゃない？　私たちの担任だった。
若杉　そうですってね。ヒトミさんが「お久しぶりです。水谷です」って言ったら、いきなりガバって抱き締めやがって。殴ってやろうかと思いました。

典子　あの人、大学でアマレスをやってたのよ。興奮すると、相手を抱き締める癖があってね。私もよくやられたっけ。
若杉　オーナー、実は俺も大学時代、アマレスをやってたんですよ。
典子　若杉君、大学は行ってないんじゃなかったっけ？
若杉　すいません、錯覚でした。
典子　で、その後はどうなったの？
若杉　職員室に連れていかれて、お茶とお菓子をご馳走になりました。昔の話もいろいろしてくれましたよ。
典子　どんな話？
若杉　ヒトミさんて、おばあさんの家に住んでたんですね。
典子　お母さんが忙しかったからね。小六の時におばあちゃんが亡くなって、お母さんと暮らすことになったの。
若杉　それで、東京へ引っ越したんだ。
典子　でも、私たちの友情は変わらなかった。小一からだから、もう二十年の付き合いになる。人に言えない、恥ずかしい過去もいっぱい知ってる。
若杉　へえ。じゃ、あの小沢って男のことも？
典子　付き合い始めて、すぐに紹介された。今時、あんないい人、なかなかいないよ。
若杉　俺も最初はそう思いました。でも、あいつはヒトミさんを残して、先に帰っちゃったじゃないですか。

典子　それは、ヒトミに「帰って」って言われたからよ。
若杉　だからって、「はい、そうですか」って帰るかな。
典子　小沢さんは優しいのよ。
若杉　オーナー、それは本当の優しさじゃありませんよ。俺だったら、殴られても蹴られても、残ります。オーナーを一人にはしませんよ。
典子　あ、誰か来たみたい。お客さんかな。

そこへ、小沢がやってくる。コートを着て、サングラスをかけている。

小沢　すいません。
典子　いらっしゃいませ。あれ？
若杉　（小沢に）おまえ、帰ったんじゃなかったのか？
小沢　部屋は空いてますか？　予約はしてないんですが。
典子　小沢さん、何言ってるの？
小沢　「ここに泊まりたい」って言ってるんです。人数は見ての通り、一人です。
典子　それはつまり、客として来たってこと？
若杉　（小沢に）残念だけど、今、満室なんだ。
小沢　おかしいな。満室にしては、駐車場がガラガラだった。
若杉　わからない男だな。おまえみたいなヤツに貸す部屋はないって言ってるんだ。

小沢　僕は客ですよ。客をそんなふうに扱っていいんですか？
典子　本当は、ヒトミのことが心配で戻ってきたくせに。
小沢　一体何の話ですか？　僕はたまたまここを通りかかっただけです。そのまま通りすぎるつもりだったんですが、ここの海の美しさに、すっかり心を奪われてしまった。で、二、三日、ゆっくりしていこうと決めたんです。
典子　もう少し上手な言い訳は浮かばなかったの？
小沢　あなたに旅人の心はわからない。
若杉　（典子に）なんか、思い詰めてるみたいですよ。
小沢　とにかく、僕はここに泊まりたいんです。泊めてくれないと、宿泊拒否で訴えますよ。

そこへ、朝比奈がやってくる。

朝比奈　あれ？　今、お客様が来ませんでした？
典子　朝比奈さん、もう起きたの？
朝比奈　お客様の気配がすると、自然と目が覚めるんですよ。私の体は、知らない間に、二十四時間営業になってたんです。で、お客様は？
小沢　ここにいます。
朝比奈　あなたは小沢さんでしょう。
小沢　僕はさっきまでここにいた小沢じゃない。客としてやってきた、もう一人の小沢なんです。

若杉　何が客だ。おまえを泊めるぐらいなら、俺が辞めてやる。
朝比奈　さようなら、若杉君。いらっしゃいませ、小沢様。
若杉　ちょっと待ってくださいよ。
朝比奈　何か文句があるんですか？　この方はお客様ですよ。お客様は神様ですよ。
若杉　いいんですか、オーナー？
典子　泊めるのは別に構わないけど、（朝比奈に）まさか、お金を取るつもり？
朝比奈　当然ですよ。お客様なんですから。
典子　せめて、二割引にしてあげない？
朝比奈　ダメです。ウチの経営状態を考えてください。
典子　でも、全部もらったって、赤字が黒字になるわけじゃないし。
朝比奈　塵も積もれば山となる、ですよ。このホテルは、オーナーのお父様が作った最初のホテルなんです。何があっても潰すわけにはいきません。
典子　言われなくても、わかってるよ。だから、こうして朝から晩まで働いてるんじゃない。おかげで、いっぱいいた彼氏がみんないなくなっちゃった。
朝比奈　彼氏っていうのは、いっぱいいるべきじゃありません。
若杉　オーナー、俺もたまたま彼女がいなくなったところなんですよ。
朝比奈　君は黙ってなさい。
小沢　あの、俺は泊まってもいいんでしょうか？
朝比奈　もちろんですよ。部屋は、昨夜と同じでいいですか？

小沢　泊めてもらえるなら、どこでも。
朝比奈　若杉君、ルームキーを取ってきて。
若杉　あーあ。こんなことなら、掃除するんじゃなかった。（と新聞をピアノの上に放り投げる）
朝比奈　若杉君、今、何をしました？
若杉　いけね。（と新聞を取る）
朝比奈　オーナーに謝りなさい。「僕はオーナーの宝物を粗末にする、愚か者です」って。

若杉が走り去る。

小沢　そのピアノ、典子さんのなんですか？
典子　まあね。
小沢　よく弾くんですか？
典子　全然。子供の頃、ちょっと習っただけなの。ヒトミが弾いてるのを見て、うらやましくなっちゃって。
小沢　もったいないな。
典子　それ、元々はヒトミのピアノだったんだ。東京へ引っ越す時、もらったの。向こうには、お母さんのピアノがあるって言うから。
小沢　ちょっと触ってもいいですか？
典子　どうぞ。

小沢　（ピアノの蓋を開ける）
典子　弾いてみれば？　小沢さん、ビートルズが好きなんでしょう？
小沢　俺は弾けないいんです。
朝比奈　じゃ、なぜ蓋を開けたんですか。
小沢　見たかったたんです。彼女が子供の頃に弾いていたピアノを。

そこへ、若杉がやってくる。ルームキーを持っている。

若杉　ほらよ。（と小沢にルームキーを投げる）
朝比奈　若杉君、今度という今度は許しませんよ。

若杉が走り去る。後を追って、朝比奈が走り去る。

小沢　典子さん。できれば、二割引でお願いします。

小沢が去る。

典子　何だかかわいそうね。誰にも弾いてもらえなくて。

典子がピアノの蓋を閉じて、去る。

9

六月二十日の朝。平和堂大学医学部付属病院の佐久間の研究室。
ヒトミがやってくる。周囲を見回す。奥の部屋から、佐久間がやってくる。バスケットボールを持っている。

佐久間 昨夜は眠れた？
ヒトミ ええ。検査の結果はどうでした？　別に、何ともなかったでしょう？
佐久間 そうね。脳には特に異常がなかったみたい。岩城先生は、ただの貧血だったんだろうって。
ヒトミ やっぱり。
佐久間 水谷さん。私はあなたをただの患者だとは思ってないわ。もちろん、実験の材料だとも思ってない。ハーネスを開発するチームの仲間。そう思って、何でも正直に話してきたつもりよ。だから、あなたにもそうしてほしいの。
ヒトミ 私、佐久間先生に隠し事なんかしてません。
佐久間 じゃ、昨夜は何時に寝たの？
ヒトミ 一時ぐらいです。すいません。また本を読むのに、夢中になっちゃって。

佐久間　なんて本？
ヒトミ　えーと、タイトルは忘れちゃったんですけど。
佐久間　じゃ、主人公の名前は？　職業は？　家族は何人？
ヒトミ　ごめんなさい。本当は考え事をしてたんです。なかなか眠れなくて。
佐久間　眠れなくなったのは、いつから？
ヒトミ　はっきり覚えてません。
佐久間　一カ月前？　二カ月前？
ヒトミ　一カ月ぐらい前です。でも、毎日ってわけじゃないですよ。
佐久間　あなたには体の感覚が全くない。体を動かす時は、動かす部分に、意識を集中しなくちゃいけない。そんなことを半年も続けたら、誰だって神経が参るわ。
ヒトミ　最初はとても疲れました。でも、今は――
佐久間　初めて聞いたわ。あなたが「疲れた」って言うの。昨日までは何を聞いても、「大丈夫です」って笑ってたのに。
ヒトミ　だって、まだ我慢できると思ったから。
佐久間　あなたはたったの半年で、普通の人と全く変わりなく動けるようになった。私も岩城先生も、その進歩にすっかり目を奪われていた。あなたは文句一つ言わなかったしね。
ヒトミ　文句なんかありません。寝てるだけだった私に、チャンスを与えてくれたんですから。
佐久間　そう言ってもらえるとうれしいけど。ちょっと立ってみて。
ヒトミ　（立ち上がる）

79　ヒトミ

佐久間　（ボールをパスして）ドリブルしてみて。
ヒトミ　（ドリブルをする）
佐久間　そのまま歩いて。ゆっくりでいいから。
ヒトミ　（ゆっくりと歩く）
佐久間　いいわ、止まって。（とヒトミに右手を差し出して）握手をしましょう。
ヒトミ　え？（とボールを止める）
佐久間　続けて。ドリブルしたまま、私の手を握るのよ。さあ。

ヒトミが左手でドリブルをする。右手を動かそうとするが、動かない。それでも無理に動かし、ボールをファンブルしてしまう。

佐久間　右手と左手を別々に動かすのって、結構難しいのよね。
ヒトミ　（ボールを拾って）練習します。練習すれば、これぐらいできるようになります。
佐久間　（ヒトミの手からボールを取って）今の気分はどう？　正直に答えて。
ヒトミ　頭が少し痛いです。
佐久間　一度に二つの部分に集中したからよ。それで、脳に負担がかかったのね。
ヒトミ　慣れれば平気です。最初は、立ち上がるだけでも頭痛がしました。でも、すぐになんともなくなったし。
佐久間　やっぱり、ピアノは無理ね。

ヒトミ　え？
佐久間　ピアノを弾く時は、右手と左手を別々に動かすでしょう？　きっとまた頭痛がするわ。たぶん、今までよりもっと強く。あなたはそれが怖かったんじゃないの？
ヒトミ　そうかもしれません。
佐久間　どうしてもっと早く言わなかったの？
ヒトミ　ピアノが弾けないと、まずいんでしょうか？
佐久間　まずいって？
ヒトミ　開発は失敗したってことになるんでしょうか？
佐久間　（ヒトミの手を握って）あなたはそんなこと、気にしなくていいの。ハーネスより、自分の体のことを考えなさい。
ヒトミ　時々、わからなくなるんです。私の体がどこにあるのか。
佐久間　今、ここにあるじゃない。
ヒトミ　でも、目を閉じると、なくなるんです。先生もいなくなるんです。こうやって、手を握ってるのに。
佐久間　あなたには休息が必要なのよ。今日のリハビリは中止しましょう。
ヒトミ　私は大丈夫です。
佐久間　ほら、また「大丈夫」って。
ヒトミ　でも、もう頭痛は治まったし。バスケットは無理でも、字を書くぐらいなら。
佐久間　それを判断するのは、私の仕事よ。じゃ、病室に戻って。今夜は早めに寝るのよ。

ヒトミが去る。反対側から、岩城と大友がやってくる。

佐久間 聞いてたでしょう？　彼女の不眠は、一カ月も前から始まってたのよ。

岩城 それが、それほど重要な問題かな。

佐久間 不眠の原因がハーネスにあるとは考えられない？

岩城 考えすぎだ。もしそうだとしたら、もっと早く症状が出ていたはずだ。

佐久間 彼女の話を聞いてなかったの？　「最初は、立ち上がるだけでも頭痛がしました」って言ってたじゃない。

岩城 頭痛まで、ハーネスのせいだって言うのか？　そんな証拠がどこにある。

佐久間 証拠はないけど、可能性はあるわ。とりあえず、開発は中止した方がいいと思う。

岩城 なんだって？

佐久間 これ以上、彼女を苦しめたくないの。ハーネスを外してあげて。

岩城 自分が何を言ってるのか、わかってるのか？

佐久間 彼女はずっと我慢してきたのよ。ハーネスを外されたくないから。私たちにはそれが見抜けなかった。彼女が倒れるまで。

岩城 それは君のミスだろう。自分のミスを私たちに押しつけるつもりか？

大友 いや、責任は僕たちにもありますよ。ヒトミさんの進歩が速いからって、リハビリをどんどんハードにしてきたじゃないですか。

岩城　しかし、彼女は立派にこなしてきた。
大友　それは、ヒトミさんの精神力が強かったからですよ。僕たちはそれをいいことにして、結果を急いだんだ。
岩城　だからって、なぜハーネスを外す必要がある？
佐久間　たとえば、ハーネスが彼女の脳に負担をかけていたとしたら？　私たちの予想以上に。
岩城　仮定で話をするのは、やめた方がいい。
大友　でも、現にヒトミさんは倒れたじゃないですか。
岩城　今、我々がやるべきことはなんだ。一日でも早く、ハーネスを完成させることじゃないのか？　ここまで来て、下らない議論をしている暇はない。
佐久間　あなたが焦る気持ちはわかるわ。完成が遅れたら、次の学会で発表できなくなるものね。
岩城　自分のためじゃない。彼女のためだ。
佐久間　そう思うなら、これ以上、彼女に無理をさせるべきじゃないわ。
岩城　君は大切なことを忘れている。頸髄損傷で苦しんでいるのは、彼女だけじゃないんだ。他の何万人もの患者のために、ある程度の苦痛には耐えてもらうしかない。
佐久間　彼女に犠牲になれって言うの？
岩城　そうじゃない。開発を中止するほどの苦痛とは思えないと言ってるんだ。
佐久間　じゃ、彼女の体をもっと詳しく検査してみて。すでに何かの兆候が出てるかもしれない。今すぐ止めないと、危険なのよ。
岩城　断る。

佐久間　どうしても中止してくれないなら、外科部長に報告するわよ。
岩城　何をだ。
佐久間　危険を無視して、開発を続けたって。
大友　岩城先生、検査だけでもしてみませんか。
岩城　脳の検査なら、昨日やった。
大友　脳だけじゃなくて、全身を調べるんです。リハビリを中断して、とりあえず一カ月？
佐久間　一カ月も？　君は水谷さんがどうなってもいいの？
大友　じゃ、十日。十日調べて、何も異常が見つからなかったら、その時はリハビリを再開するんです。どうですか、岩城先生？
岩城　いいだろう。
大友　佐久間先生は？
佐久間　（岩城に）ハーネスに原因があるってわかったら、すぐに外してくれる？
岩城　ああ。しかし、彼女自身の問題なら、君が何とかするんだ。今度こそ。
佐久間　わかったわ。

岩城・佐久間・大友が去る。

10

小沢がやってくる。

小沢　正直に言おう。彼女に「もう会いたくない」と言われた時、俺は無性に腹が立った。俺は彼女を待っていた。彼女がもう一度、生きる気力を取り戻すのを。そのために、俺にできることは何でもやろう。そう思って、彼女の病室に通い続けたのに。結局、俺のしたことは無駄だった。俺は、彼女にとって必要のない人間になったのだ。それなら、それで仕方ない。俺は俺の人生を生きよう。彼女のことは忘れよう。しかし、ピアノの音を聞くたびに、彼女の顔が浮かんでくる。あの、夏の子供のような笑顔が。それで、ようやくわかったのだ。彼女は、俺にとって必要な人間なのだと。半年後、俺は勇気を振り絞って、彼女の病室に行った。

岩城・佐久間・大友がやってくる。ファイルを開く。

佐久間　「一日目。丸一日かけて、内臓の検査を徹底的に行う。胃と十二指腸に潰瘍を発見。肝臓と腎臓の機能も低下していた」

岩城「二日目。脳波を調べながら、単純な動作を行わせる。特に異常なし」
大友「三日目。引き続き、脳波の検査。午後、やや複雑な動作に切り換える。その際、脳波が何度か激しく乱れた」
佐久間「四日目。朝の検温が三八度五分。前日の睡眠は四時間。検査を中止して、休養させる」
岩城「五日目。脳波の検査を再開。午後、やや複雑な動作に切り換える。その際、脳とハーネスの接続部分に熱が発生。原因は不明」
大友「六日目。朝食後、嘔吐。前日の睡眠は三時間。検査を中止して、休養させる。夕方、病室を覗くと、字を書く練習をしていた。直ちに筆記用具を取り上げる」
岩城「七日目。脳波の検査を再開。動作が複雑になると、脳とハーネスの接続部分に電気が蓄積することが判明。この電気によって、熱が発生し、頭痛と不眠が起きていたのだ」
佐久間「八日目。朝の検温で、不整脈が認められた。前日の睡眠は二時間。検査の中止を指示すると、彼女は強く拒否。説得するのに、一時間もかかった」
大友「九日目。検査開始直後に倒れる。昨夜は一睡もしていなかったらしい」
岩城「十日目。もはや、彼女はハーネスの負担に耐えられない。それが、ハーネスの構造上の問題なのか、彼女の適応性の問題なのか、疑問は残る。が、現段階では、開発を中止するしかないという結論に達する」
小沢　そして、十一日目。ヒトミは、再び体を失う日が来たことを知った。

小沢が去る。

七月一日の夜。平和堂大学医学部付属病院の病室。
ヒトミがベッドで寝ている。横の椅子に、郁代が座っている。

ヒトミ　どうしても外さなくちゃいけないんですか？
郁代　ヒトミ。
ヒトミ　（岩城に）私はまだ大丈夫です。二、三日、休ませてもらえば、体調も良くなると思うし。
岩城　残念ですが、結論は動かせません。
ヒトミ　もう無理はしません。頭痛がしたら、すぐに報告しますから。
佐久間　私だって、ここまで来て、中止するのは、悔しいのよ。でも、あなたをこれ以上、危険な状態に置いておくわけにはいかないの。
ヒトミ　危険て言っても、死ぬわけじゃないでしょう？
佐久間　その可能性も絶対にないとは言えない。私たちはあくまでも、あなたの安全を最優先したいの。中止するのはあなたのためなのよ。
ヒトミ　また動けなくなるんですね。
大友　でも、これで終わりってわけじゃありませんよ。ハーネスが改良できたら、またすぐに着けられるんですから。
郁代　改良って、どれぐらい時間がかかるんですか？
岩城　それは、エンジニアと相談してみないと、何とも言えません。
ヒトミ　でも、大体のことはわかるでしょう？　一カ月とか、二カ月とか。

佐久間　試作品ができるまで、三年もかかったのよ。最低一年は覚悟しておいた方がいいわ。
ヒトミ　そんなに?
佐久間　焦っちゃダメよ。あなただって、同じ失敗を繰り返したくはないでしょう?
岩城　失敗なんて言い方はやめてほしい。確かに、ハーネスにも問題はあった。しかし、こうなる前に、手を打つことはできたはずなんだ。
ヒトミ　私のせいなんですね。
岩城　そうは言ってない。あなたの体調の変化に気づかなかった我々にも、もちろん責任はある。もっと早く気づいていれば、貴重な時間を無駄にせずに済んだんだ。
大友　でも、ヒトミさんは字まで書けるようになった。次にハーネスを着けた時は、そこからスタートできるんですよ。
佐久間　(ヒトミに)そうよ。それまでは、久しぶりの休暇だと思って、のんびりするのよ。ハーネスを外せば、好きなだけ眠れるだろうし。
ヒトミ　(岩城に)どうしてもダメなんですか?
岩城　水谷さん。私はあなたを一年も待たせるつもりはない。半年以内に、必ず改良してみせます。今度こそ、あなたが苦しまずに済むように。私を信じてもらえませんか。
郁代　ヒトミ、いいわね?
ヒトミ　わかりました。
佐久間　悩み事があったら、いつでも相談に乗るわ。今度は何でも言ってね。
ヒトミ　はい。

佐久間　それじゃ、また明日ね。

岩城・佐久間が去る。

大友　明日の午後、ハーネスを外す手術をします。岩城先生が、着ける時より簡単だって言ってましたから、二時間ぐらいで終わると思います。
郁代　よろしくお願いします。
大友　ヒトミさんは本当によく頑張ってくれました。それなのに、こんなことになってしまって、申し訳ないと思ってます。
郁代　何を言ってるんですか。先生方は、ヒトミのためにできるだけのことをしてくださいました。本当に心から感謝しています。
ヒトミ　お母さん。
郁代　何?
ヒトミ　私が動けなかった時のこと、覚えてる?
郁代　覚えてるわよ。どうして?
ヒトミ　私は忘れちゃった。忘れよう、忘れようって努力したから。悪い夢だったって思うことにしたのよ。事故も、動けなくなったことも、全部。
郁代　ヒトミ。
ヒトミ　ごめんね、お母さんも辛かったのに。

郁代　私は大丈夫よ。あなたに比べたら。
大友　あんまり深刻に考えるのはやめましょう。たった半年の辛抱じゃないですか。
郁代　（ヒトミに）そうよ。私も一緒に頑張るからね。
ヒトミ　お母さんは仕事をしてよ。私は一人で大丈夫だから。
郁代　でも、体が動かなくなったら、何もできないじゃない。
ヒトミ　これ以上、迷惑をかけたくないの。この一年、演奏旅行にも行けなかったでしょう？
郁代　海外だけよ。国内には行ってるわ。あなたが行け行けって言うから。
ヒトミ　これからは、海外にも行って。私には、大友先生がついてるんだから。ねえ、大友先生？
大友　任せてください。
郁代　でも――
ヒトミ　お母さん、そろそろ帰った方がいいんじゃない？　リサイタルが近いんだよね？
郁代　まだ平気よ。
ヒトミ　なんだか眠くなっちゃった。気が抜けたのかな。
大友　いいことじゃないですか。ゆっくり寝てくださいよ。
ヒトミ　（郁代に）だから、もう帰って。
郁代　わかった。明日は、朝から打ち合わせがあるのよ。でも、手術の時間までには、必ず来るからね。
ヒトミ　ありがとう。
大友　それじゃ、お休みなさい。

郁代・大友が去る。ヒトミが両手を見つめる。指を一本ずつ動かす。まるで、ピアノを弾くように。やがて、指を止めて、窓の外を見る。勢いよく立ち上がる。そこへ、小沢がやってくる。

小沢　こんばんは。あれ、ヒトミ、一人か？

ヒトミ　……。

小沢　この前は、いきなり押しかけてきて、悪かったな。でも、ケーキを受け取ってもらえて、うれしかった。

ヒトミ　……。

小沢　十五分だけ、時間をくれないか。おまえと話がしたいんだ。二人だけで。

ヒトミ　話って？

小沢　「もう会いたくない」って言われてから、ずっと来なかっただろう？　その間に、いろいろ考えたんだ。これからのことを。

ヒトミ　……。

小沢　俺は俺の気持ちを正直に言う。だから、ヒトミも正直に答えてくれ。

ヒトミ　……。

小沢　ヒトミ、聞いてるのか？　ヒトミ！

ヒトミ　お母さんに会った？　今までここにいたんだけど。

小沢　いや、どこかですれ違ったのかな。

ヒトミ　じゃ、大友先生には？
小沢　会ってないよ。でも、どうしてそんなことを聞くんだ？
ヒトミ　小沢君、今日も車？
小沢　ああ。（とヒトミの顔を覗き込んで）おまえ、顔色が真っ青じゃないか。立ってないで、ベッドに横になった方がいいんじゃないか？
ヒトミ　私、典子に会いに行きたい。
小沢　これから？　そんなこと、できるわけないだろう。
ヒトミ　大友先生も、すぐに行った方がいいって。
小沢　外出してもいいって言ったのか？　信じられないな。
ヒトミ　電話があったのよ。すぐに来てくれって。
小沢　典子さんから？
ヒトミ　違う。たぶん、ホテルの人だと思う。
小沢　典子さんに何かあったのか？
ヒトミ　車に撥ねられて、病院に運ばれたんだって。小沢君、どうしよう。
小沢　どうしてそれを先に言わないんだ。ひどい怪我なのか？
ヒトミ　わからない。だから、心配なんじゃない。
小沢　そうか。典子さんのホテルって、下田だったよな？　今から出れば、十時には着くだろう。
ヒトミ　連れていってくれるの？
小沢　当たり前じゃないか。さあ、行こう。

小沢がヒトミに手を差し出す。ヒトミがその手を握る。二人が歩き出す。ヒトミが立ち止まり、振り返る。

小沢　さあ、ヒトミ。

ヒトミがうなずく。二人が去る。

11

七月二日の夕方。下田あじさいホテルのロビー。
若杉がやってくる。椅子に座って、新聞を読み始める。そこへ、あつこがやってくる。

あつこ よう、青年。今日もサボってるね。
若杉 そういうあんたはどうなんだよ。
あつこ いいじゃないか、どうせ暇なんだから。予約はあと二組だけだし。
若杉 どうせジジババだろう？　たまには、松浦亜弥の団体とか来ないかな。
あつこ 若い女の子なら、一人来てるじゃないか。
若杉 ヒトミさんか？　あの人はダメだよ。オーナーの友達だし、変な男が付いてるし。
あつこ でも、あの男は先に帰ったんだろう？
若杉 それが何と、また戻ってきやがったんだ。
あつこ 本当かい？　それにしちゃ、姿を見せないね。
若杉 ずっと部屋に閉じこもってるんだよ。きっと、ヒトミさんに会うのが照れ臭いんだ。だったら、戻ってこなけりゃいいのに。

あつこ　でも、なかなか根性があるじゃないか。よっぽど彼女に惚れてるんだろうね。で、その彼女はどこにいるんだい。

若杉　オーナーと散歩に行ったよ。どうせ、いつもの喫茶店だろう。

そこへ、大友・郁代がやってくる。

あつこ　すいません。

大友　いらっしゃいませ。ご予約ですか？

あつこ　いや、そうじゃなくて――

大友　ご予約がなくても大丈夫ですよ。今日は、いいお部屋がまだたくさん残ってますから。

あつこ　あつこさん。この人たち、お客さんじゃないんじゃないの？　この科白、昨日も言ったような。

若杉　失礼なこと言うんじゃないよ。確かに、カップルにしちゃ、年が離れてる。結婚したくても、周囲は大反対だ。だったら、いっそのこと、二人だけで式を挙げちまおう。静かなホテルの、白いチャペルで。そう思って、ウチに来たのさ。（大友に）そうですよね？

大友　いいえ、全く違います。

あつこ　安心したよ。ウチにはチャペルなんてないからね。

郁代　こちらに、ヒトミがお邪魔してるって聞いたんですが。

若杉　ヒトミ？　あなた、ヒトミさんの知り合いなんですか？

郁代　母親です。（と大友を示して）こちらは、ヒトミがお世話になっている病院の、大友先生です。

あつこ　あの子、どこか悪いんですか？
大友　ええ。それで、東京から迎えに来たんです。すぐに部屋まで案内してもらえませんか？
若杉　残念ですけど、ヒトミさんは今、出かけてるんですよ。そろそろ帰ってくるとは思いますが。
あつこ　いや、もう帰ってきてるよ。
若杉　え？　でも、ヒトミさんはさっき——
あつこ　十分ぐらい前に、鍵を持っていった。たぶん、部屋にいるんじゃないかな。
郁代　良かった。ヒトミの部屋はどこですか？
あつこ　若杉君、ご案内して。
若杉　ちょっと待てよ。ヒトミさんはさっき——
あつこ　つべこべ言ってると、叩くよ。
若杉　わかったわかった。（郁代に）こっちです。

若杉・郁代・大友が去る。あつこが反対側へ向かう。と、小沢がやってくる。

小沢　ちょうど良かった。この近くに、うまい魚を食わせる店はありませんか。せっかく下田まで来たんだから、新鮮な海の幸を満喫したいと思って。
あつこ　逃げな。
小沢　え？
あつこ　いいから、早く逃げな。おっかさんが来たんだよ。

小沢　おっかさんて、誰の？
あつこ　決まってるだろう、彼女のだよ。
小沢　ヒトミのお母さんがここへ来たんですか？
あつこ　今、彼女の部屋へ行った。すぐに戻ってくるから、今のうちに。
小沢　ヒトミの部屋は一〇八号室でしたよね？（と歩き出す）
あつこ　（小沢の手をつかんで）何しに行くんだい。
小沢　お母さんに謝るんですよ。ヒトミをこんな所へ連れてきて、すいませんでしたって。
あつこ　バカ。今さら謝って、どうなるんだい。彼女はオーナーとお茶を飲みに行ってる。たぶん、海岸通りのハイドレインジアって店だ。車で迎えに行って、そのまま遠くへ逃げるんだよ。
小沢　どうして俺が逃げなくちゃいけないんです。
あつこ　わかってるよ。あんたたち、駆け落ちしてきたんだろう？
小沢　駆け落ち？

そこへ、ヒトミ・典子がやってくる。

典子　ただいま。
あつこ　ちょうど良かった。（ヒトミに）あんたを迎えに行こうとしてたところなんだよ。
ヒトミ　私を？
あつこ　ほら、早くこの男の手を取って。

ヒトミ　手を？　どうしてですか？
あつこ　昔から決まってるんだよ。こういう時は、手に手を取って、逃げるって。ほら、早く。
典子　あつこさん、何を言ってるのか、全然わからない。
あつこ　（ヒトミに）せっかく駆け落ちしてきたのに、捕まっていいのかい？
小沢　ちょっと待ってください。あなた、誤解してますよ。
あつこ　ごまかすんじゃないよ。あんたと彼女は、将来を誓い合った仲なんだろう？　それなのに、彼女のおっかさんは、「おまえみたいな甲斐性なしに、ウチの娘をやるもんか」って言った。そして、別の男と結婚させようとした。それが、おっかさんと一緒に来た男ってわけだ。医者だか何だか知らないけど、あんな前頭十三枚目みたいな男に、彼女を取られるんじゃないよ。
典子　あつこさん、やっぱり、わからない。
あつこ　だから、私には全部わかってるんだって。

そこへ、若杉・郁代・大友がやってくる。

若杉　あつこさんの嘘つき。ヒトミさんの部屋、空っぽだったぞ。
あつこ　万事休す。
郁代　ヒトミ。
ヒトミ　お母さん、どうしてここへ？
郁代　あなたこそ、どうして病院を抜け出したの？　私や大友先生がどれだけ心配したと思ってるのよ。
大友　まあまあ、お母さん。こうして会えたんだから、いいじゃないですか。
ヒトミ　（郁代に）どうしてここがわかったの？　まさか、小沢君が知らせたの？
典子　違うわ。私が電話したのよ。
ヒトミ　典子が？
典子　今朝、小沢さんが出ていく時、病院に電話しろって言ったでしょう？　でも、あんたはなかなかしようとしなかった。だから、かわりに。
ヒトミ　勝手なことしないでよ。
郁代　勝手なのはあなたの方でしょう？　典子ちゃんの電話があと五分遅かったら、警察に届けるところだったのよ。
小沢　え？　でも、ヒトミは昨夜……。
大友　ヒトミさんは、僕に怒られたって言ったそうですね？　でも、それはありえない。昨夜は一晩中、病院にいましたが、ヒトミさんからの電話なんてなかった。
小沢　そうか。あれも嘘だったのか。
郁代　ヒトミ、小沢君に謝りなさい。それから、典子ちゃんにも。自分がどれだけひどいことをしたか、あなたにはわからないの？
典子　おばさん、ヒトミを責めないでください。ヒトミはどうしても帰りたくなかったんです。
郁代　（ヒトミに）そんなことが許されるわけないじゃない。あなたは普通の体じゃないのよ。
ヒトミ　わかってるよ、そんなこと。

典子　(郁代に) ヒトミは、ハーネスを外されるのがイヤだったんです。
小沢　ハーネスを外される？　どうして。
ヒトミ　あなたには関係ないでしょう？
大友　(小沢に) ヒトミさんの体に、負担がかかっていることがわかったんです。もちろん、改良できたら、またすぐに着けるんですが。
ヒトミ　すぐじゃないでしょう？　半年はかかるって言ったじゃない。
小沢　半年も？
郁代　(ヒトミに) だから、逃げたの？　逃げても、何の解決にもならないのに。
典子　ヒトミ、あんたはもう帰らないつもりだったんじゃない？
ヒトミ　何よ、それ。
典子　また動けなくなるくらいなら、生きていてもしょうがないって。
ヒトミ　私が自殺するつもりだったって言うの？　勝手に決めつけないでよ。
小沢　じゃ、どうして逃げたんだ。
ヒトミ　ここに来たかったのよ。動けなくなる前に。いけない？
あつこ　いいじゃないか、それで。
若杉　あつこさん、口出ししちゃダメだよ。
あつこ　(ヒトミに) 一人になりたかったんだろう？　誰もいない所で、ゆっくりしたかったんだろう？　(小沢に) そっとしておいてやりなよ。
大友　気持ちはわかりますが、もうタイムリミットです。

あつこ　どうして。
大友　（ヒトミに）左手、どうしたんですか？　さっきから、動かしてないですよね？
ヒトミ　部屋で転んだんです。だから、痛くて。
大友　あなたには痛みが感じられないはずですが。
ヒトミ　ええ。感じません。でも、動かさない方がいいだろうと思って。
大友　動かさないいんじゃなくて、動かせないいんじゃないですか？
郁代　ヒトミ、どうなの？
大友　（ヒトミに）転んだんじゃなくて、倒れたんじゃないですか？　眩暈がして。
ヒトミ　転んだのは本当です。そうしたら、動かなくなったんです。
典子　どうして黙ってたのよ。
大友　（ヒトミに）手だけで良かった。基幹部まで壊れてたら、大変なことになってました。
小沢　（ヒトミに）もう帰った方がいい。これ以上、お母さんに心配をかけるわけにはいかないだろう？
あつこ　（ヒトミに）しょうがないね。元気になったら、また来ればいいじゃないか。
郁代　ヒトミ。
ヒトミ　わかった。荷物を取ってくるから、ちょっと待ってて。

ヒトミが去る。反対側から、朝比奈がやってくる。

朝比奈　ロビーが人でいっぱいだ。こんな景色を見るのは何年ぶりだろう。
典子　朝比奈さん、また起きてきたの？
朝比奈　言ったでしょう？　お客様の気配がすると、自然と目が覚めるって。（郁代に）いらっしゃいませ。
若杉　この人は客じゃありませんよ。ヒトミさんのお母さんです。
朝比奈　本当だ。水谷郁代さんだ。
郁代　はじめまして。
朝比奈　見ましたよ、この前のはなまるマーケット。実際にお会いできるなんて、感激です。でも、どうしてこんな所へ？
典子　こんな所で悪かったわね。ヒトミを迎えに来たのよ。
朝比奈　若杉君、急いで、ヒトミさんをお呼びして。
若杉　今、荷物を取りに行ってるんですよ。
小沢　ちょっと待ってください。あいつ、荷物なんか持ってましたか？
若杉　どうだったかな。

小沢が走り去る。

若杉　どうしたんですかね。急に慌てちゃって。
典子　わからないの？　荷物がないのに、取りに行ったってことは。

若杉　うっかりしてたんだな。
典子　違うよ。
大友　またどこかへ逃げたってことですか？
朝比奈　どうしてヒトミさんが逃げるんですか？
あつこ　事情がわかってないヤツは黙ってな。一番わかってないのは、私みたいだけど。
若杉　ヒトミさん、裏口から出ていったのかな。変な方に行かないといいけど。
大友　変な方って？
若杉　いや、右へ行けば、通りに出るけど、左へ行くと、崖なんですよ。
大友　崖？
朝比奈　ええ、若杉君が落ちそうになった。

そこへ、小沢が走ってくる。

郁代　どうだった？
小沢　部屋にはいません。空っぽでした。
大友　探しに行きましょう。みんなで手分けをして。
典子　待ってください。私に心当たりがあります。
郁代　心当たりって？
典子　すぐ近くの砂浜です。子供の頃、よく二人で遊んだ場所。

小沢　案内してください、典子さん。

典子　私一人で行く。小沢さんはここで待ってて。必ず連れて帰るから。

典子が去る。反対側へ、小沢・大友・郁代・朝比奈・若杉・あつこが去る。

12

七月二日の夕方。下田あじさいホテルの近くの砂浜。
ヒトミがやってくる。周囲を見回す。右手で左手を持ち上げ、じっと見つめる。右手を緩める。と、左手がダラリと落ちる。そこへ、典子がやってくる。

典子　やっぱり、ここにいると思った。
ヒトミ　……。
典子　ここも全然変わってないでしょう？　十五年前と。
ヒトミ　（うなずく）
典子　あの約束、覚えてる？　「おばあちゃんになって、二人とも一人ぼっちになったら――ここに家を建てて、一緒に暮らそう」
ヒトミ　そうそう。部屋の間取りまで考えたよね。地面に見取り図を書いて。
典子　典子の部屋だけ、やけに広いの。二十畳はあったっけ。
ヒトミ　ヒトミだって、自分の部屋の他に、ピアノ室を書いてたじゃない。
典子　あれは二人の部屋でしょう？　二人で使おうねって言ったじゃない。

典子　……ごめんね。病院に電話したこと、黙ってて。
ヒトミ　ううん。
典子　「迎えに来い」って言ったわけじゃないのよ。結果的にはそうなっちゃったけど。
ヒトミ　もういいよ。どうせ、いつかは帰らなくちゃいけないんだから。
典子　本当に？　いつかは帰ろうって、本当に思ってた？
ヒトミ　わからない。病院を抜け出した時は、後のことは何も考えてなかった。
典子　じゃ、私に会いたかったっていうも嘘？
ヒトミ　それは本当。ハーネスを外されるって聞いた時、最初に浮かんだのは典子の顔だった。
典子　小沢さんじゃなくて？
ヒトミ　やめてよ。
典子　でも、二番目は小沢さんだったんでしょう？
ヒトミ　違います。次に浮かんだのはここよ。ここの海が見たくなったの。
典子　そう。
ヒトミ　私の遺言状、まだ持ってる？
典子　遺言状？
ヒトミ　小六の時、二人で書いて、交換したじゃない。
典子　ああ、あれ。探せば、あると思うけど。
ヒトミ　体が動かなかった時、何もすることがなかったでしょう？　だから、お母さんに本を読んでもらってたんだ。ベストセラーになったのとか、子供の頃に買った絵本とか。

典子　そう言えば、病室にたくさん本があったね。

ヒトミ　ある日、お母さんが卒業文集を持ってきたの。表紙に、菅野先生の自画像が描いてあるヤツ。その中に挟んであったんだ。典子の遺言状が。

典子　どうしてあんなもの書いたんだっけ？

ヒトミ　ウチのおばあちゃんが死んだからよ。私たちもいつ死ぬかわからないから、今のうちに書いておこうって。

典子　急だったもんね、おばあちゃん。

ヒトミ　学校から帰ってきて、「ただいま」って言った時は元気だったのよ。ちゃんと「お帰り」って声がした。でも、ランドセルを置いて、台所へ行ったら、床に倒れてた。

典子　私の家まで走ってきたんだよね。「病院に電話してください」って。

ヒトミ　自分の家で電話すればいいのに、気が動転しちゃって。

典子　仕方ないよ、小学生だったんだから。

ヒトミ　救急車が来るまで、ずっとおばあちゃんの手を握ってたんだ。最初はまだ、意識があったのよ。「おばあちゃん、大丈夫？」って聞くと、ウンウンてうなずいてた。でも、そのうち動かなくなって、手も冷たくなって。凄く怖かった。おばあちゃんがおばあちゃんでなくなっていくような気がして。

典子　優しい人だったよね。私、大好きだった。

ヒトミ　私だって。でも、不思議と涙は出なかった。悲しくなかったわけじゃないけど、何だか、呆気ないと思ったんだ。人が死ぬのって、案外簡単なことなんだって。

典子　皮肉だよね。生きていくのは、こんなに大変なのに。
ヒトミ　今の私は、おばあちゃんと同じ。
典子　え？
ヒトミ　私の体は動かない。もう死んでるのよ。
典子　何言ってるの？　ヒトミはちゃんと生きてるじゃない。
ヒトミ　ハーネスを外したら、モノと同じよ。自分一人じゃ、立つこともできない。
典子　それ以上言ったら、絶交だよ。二度と口をきいてあげないから。
ヒトミ　子供みたいなこと、言わないでよ。
典子　子供でいいもん。ここにいると、まるで十五年前に戻ったような気がしない？
ヒトミ　そうね。遺言状の中身、覚えてる？
典子　自分の遺産を誰にあげるか、一つ一つ書いたんだよね。
ヒトミ　遺産て呼べるほどの物じゃなかったけど、「日記はお母さんにあげてください。ピアノは典子ちゃんにあげてください」って。
典子　死ぬ前にもらっちゃって、ごめん。
ヒトミ　私、あげるなんて言ってないよ。東京へは持っていけないから、預かってって言ったの。いつか、一緒に暮らす日まで。
典子　そうだっけ？　私、すっかり自分のものだと思ってた。
ヒトミ　別にいいよ。私にはもう必要ないものだから。
典子　私は、ヒトミに何をあげるって書いたんだっけ？

ヒトミ　忘れちゃったの？　あのね――
典子　思い出した。「海をあげる」って書いたんだ。恥ずかしい。
ヒトミ　自分で書いたくせに。
典子　あの頃は、ここの海が一番大切だったのよ。パパとママが喧嘩した時も、ママが家を出ていった時も、ここへ来た。ここで、しばらく海を見てれば、元気になれた。だから、ヒトミにあげたいと思ったの。
ヒトミ　今は何が一番大切？　やっぱり、あのホテル？
典子　今にも潰れそうなのに、見捨てないで働いてくれてる従業員たちかな。ヒトミは？
ヒトミ　私は……。

そこへ、小沢がやってくる。

典子　ホテルで待っててって言ったのに。
小沢　どうしても気になっちゃって。
典子　しょうがないわね。（ヒトミに）どうする？　そろそろ帰る？
ヒトミ　私、もう少し、ここにいたい。
小沢　お母さん、心配してるぞ。早く帰って、顔を見せてやれよ。
ヒトミ　どうして私に命令するの？
典子　ヒトミ。

ヒトミ　（小沢に）私のすることに、いちいち口出ししないでよ。小沢君はもう関係ないんだから。
典子　そういう言い方はないでしょう？　あんたのことを、これだけ心配してくれてるのに。
ヒトミ　迷惑なのよ。いつまでも、恋人みたいな態度を取られたら。
小沢　俺は今でもそうだと思ってる。
ヒトミ　残念ね。私は小沢君のことなんか、もう何とも思ってないの。
小沢　構わない。おまえになんて言われようと、俺はおまえのそばにいる。今日は一緒に病院へ帰って、明日からまた会いに行く。
ヒトミ　来ても、二度と口をきかないよ。
小沢　勝手にしろ。おまえがどんな態度を取っても、俺の気持ちは変わらない。
ヒトミ　どうして、そうやって意地を張るの？
小沢　意地を張ってるのはおまえの方だろう？
ヒトミ　朝、言ったことなら、気にしなくていいのよ。あの時は、私がハーネスを外すって知らなかった。だから、「結婚してくれ」って言ったんでしょう？
小沢　今だって言えるさ。
ヒトミ　カッコつけるのはやめてよ。私はまた動けなくなるのよ。
小沢　動けなくなっても、ヒトミはヒトミじゃないか。
ヒトミ　違うわ。動けない私なんて、私じゃない。一人じゃ何もできないのよ。ごはんも食べられないし、トイレにも行けない。小沢君のために、何もしてあげられないのよ。
小沢　そのかわり、俺がおまえに何かしてあげられる。

ヒトミ　私が小沢君だったら、そうは思わない。小沢君が動けなくなったら、私の気持ちはきっと冷める。だって、動けない小沢君なんて、死んでるのと同じだもの。
小沢　俺は、そうは思わない。
ヒトミ　嘘よ。
典子　もういいじゃない、ヒトミ。本当のことを言ってよ。あんたは小沢さんが好きなんでしょう？　好きだから、迷惑をかけたくないんでしょう？
ヒトミ　好きじゃない。顔も見たくない。どうしてかわかる？　小沢君の顔を見ると、体が動いた頃の自分を思い出すからよ。苦しいからよ。
典子　じゃ、私はどうなの？　私にも会いたくないの？
ヒトミ　典子は別よ。典子のことは信じてるから。
典子　本当は、小沢さんのことも信じたいんじゃないの？　でも、信じるのが怖いんじゃないの？
ヒトミ　違うわよ！

ヒトミが走り出そうとして、転ぶ。小沢・典子がヒトミに駆け寄る。

小沢　ヒトミ！
典子　どうしたの？　気分が悪くなったの？
ヒトミ　足が……、右足が……。
小沢　動かなくなったのか？

小沢がヒトミを抱え上げて、去る。後を追って、典子も去る。

13

七月二日の夜。下田あじさいホテルのロビー。
岩城・佐久間がやってくる。岩城はアタッシュケース、佐久間はバッグを持っている。反対側から、朝比奈・若杉がやってくる。

朝比奈 お待ちしていました。岩城先生と佐久間先生ですね？
佐久間 そうです。遅くなって、すいません。タクシーが道を間違えちゃって。
朝比奈 ウチのホテルはわかりにくい所にありますからね。地元の運転手でも、しょっちゅう間違えるんです。
若杉 俺も酔っ払って運転すると、たまに間違えますよ。
朝比奈 余計なことを言ってないで、お荷物をお預かりして。
若杉 はいはい。（岩城に）失礼します。（とスーツケースに手を伸ばす）
岩城 いや、これは結構。
若杉 まあまあ、遠慮しないで。（とスーツケースに手を伸ばす）
岩城 遠慮してない。自分の荷物は自分で持つ。

若杉　あんた、俺が盗むと思ってるのか？
岩城　思ってない。この中には、ノートパソコンや、ハーネスを修理するための専用の器具が入ってるんだ。床に落とされでもしたら、大変なことになる。
若杉　そんなにムキになることないでしょう。お医者さんのくせに。
岩城　ムキになんかなってない。（朝比奈に）それで、水谷さんは今、どこに？
朝比奈　お部屋でお休みになってます。夕方、外からお戻りになってから、ずっと。
佐久間　眠ってるんですか？
若杉　俺が食事を持っていった時は、目を開けてましたよ。でも、食欲がないって、スープしか飲みませんでした。仕方ないから、残りは全部、俺が――
朝比奈　若杉君。
岩城　彼女の部屋は何階ですか。
朝比奈　一階の一番奥です。若杉君、ご案内して。
若杉　こっちです。

そこへ、大友がやってくる。

大友　お疲れ様でした。あんまり遅いから、駅まで迎えに行こうかと思ってたんですよ。
岩城　よく平気な顔をしていられるな。ハーネスを二カ所も壊しておいて。
佐久間　大友君が壊したわけじゃないでしょう？

岩城　腕はともかく、足の故障は防ぐことができたはずだ。
佐久間　それはどうかしら。水谷さんはここへ来てからも、あんまり寝てないいんじゃない？　故障の原因は、彼女の不眠なのよ。
岩城　それを判断するのは、私の仕事だ。（大友に）案内してくれ。
大友　岩城先生。ヒトミさんに会う前に、僕の話を聞いてもらえませんか。
岩城　ハーネスを調べる方が先だ。
大友　お願いします。重要なことなんです。
佐久間　（岩城に）少しぐらいなら、いいんじゃない？　水谷さんも、もう逃げたりしないだろうし。
岩城　（大友に）五分だ。それ以上は待てない。
大友　（朝比奈に）すいません。ヒトミさんのお母さんを呼んでもらえますか？
岩城　何のために。
大友　それは、今から説明します。（朝比奈に）お願いします。
朝比奈　わかりました。すぐに電話を——
若杉　電話より、走った方が早いですよ。行ってきます。

若杉が走り去る。

佐久間　それで、話っていうのは？
大友　昨夜から、ずっと考えてたんです。僕たちの出した結論は、本当に正しかったんだろうかって。

佐久間　結論て？

大友　ハーネスを外すことです。

岩城　今さら、何を言ってるんだ。君の希望通り、十日間、調べた上で決めたことだろう。

大友　確かに、検査の結果から見れば、外すしかありませんでした。でも、ヒトミさんにはそれがどうしても受け入れられなかった。

佐久間　受け入れてもらうしかないわ。他に方法がないんだから。

大友　いや、一つだけあります。ハーネスを外すのを延期するんです。とりあえず、一カ月。

岩城　本気で言ってるのか？

大友　危険があることは、十分に承知しています。でも、今、外したら、ヒトミさんは二度と立ち直れなくなるかもしれません。

佐久間　彼女なら大丈夫よ。君が心配するほど、弱い人間じゃないわ。

大友　だったら、どうしてこんな所へ逃げてきたんです。ヒトミさんは、今まで一度も逃げませんでした。どんなに苦しいリハビリにも耐えてきました。でも、ハーネスを外すことだけは我慢できなかった。それはそうです。また半年も寝たきりになるなんて、耐えられるはずがない。

岩城　寝たきりの患者は、他にもたくさんいる。半年どころか、十年も二十年もベッドの上で生活している人間もいる。たった半年、我慢できないなんて、ただのワガママだ。

大友　ヒトミさんはただの寝たきりじゃない。首から下が動かないんですよ。

岩城　頸髄損傷の患者だって、他に何万人もいる。むしろ、彼女は運がいいんだ。ハーネスが着けられたせいで、また動くことができた。それがまた動けなくなるからって、文句を言う権利はない。

佐久間　(大友に) それに、動けなくなるのは半年だけなのよ。どうして我慢できないの？

大友　もう一度、動けるようになったからですよ。必死でリハビリをして、やっと元通りに動けるようになった。それなのに、またゼロに戻れなんて、残酷すぎると思いませんか？

岩城　感情論だな。ハーネスを着けたままで、彼女に何か起きたら、君に責任が取れるのか。

大友　それは……。

岩城　これ以上、話をしても、時間の無駄だ。(佐久間に) さあ、行こう。

大友　今のは、僕だけの意見じゃないんです。ヒトミさんのお母さんも、全く同じ意見なんです。

佐久間　お母さんがそう言ったの？

大友　ええ。医療の原則は、患者本人と家族の同意を得ることですよね？　それを無視してもいいんですか？

そこへ、小沢・郁代・典子がやってくる。

郁代　(岩城に) ご迷惑をおかけして、申し訳ありませんでした。

小沢　(岩城に) 彼女をここへ連れてきたのは俺です。勝手なことをして、本当にすいませんでした。

朝比奈　オーナー、ヒトミさんは？

典子　若杉君が付いてる。また逃げようとしたら、タックルしろって言っておいた。

小沢　逃げたくても、逃げられませんよ。右足が動かないんだから。
佐久間　(郁代に) 今、大友君から話を聞きました。お母さんは、ハーネスを外すのに反対だそうですね?
典子　(郁代に) そうなんですか?
大友　ここへ来る途中、車の中で話したんです。外すのは、一カ月先にしてもらおうって。
佐久間　(郁代に) 着けたままでは危険なんですよ。それを承知の上で言ってるんですか?
郁代　いいえ。ハーネスはすぐに外してください。
大友　そんな。さっきは――
郁代　ごめんなさい。ハーネスが壊れたのを見て、やっぱり怖くなったんです。このままでは、ヒトミのために良くないと思って。
岩城　いい悪いの問題じゃない。我々は、今起きている事実だけを見つめるべきなんです。ハーネスが壊れ、水谷さんは倒れた。だったら、外して修理するだけのことです。
大友　でも、ヒトミさんの気持ちはどうなるんです? 彼女が外されたくないと思ってるのも事実なんですよ。
郁代　そうかもしれません。でも、これでヒトミにもよくわかったと思うんです。やっぱり外すしかないって。
典子　(岩城に) どうしても諦めるしかないんですか?
岩城　残念ですが。
典子　せめてあと一日だけ、待ってもらえませんか?

朝比奈　オーナー、何を言い出すんですか。
典子　（岩城に）どうせ半年は寝たきりになるんでしょう？　だったら、あと一日ぐらい、ヒトミの好きにさせてくれてもいいじゃないですか。そうすれば、ヒトミだって諦めがつくと思うし。
岩城　今の彼女は歩くこともできないんですよ。
典子　先生は、それを直しに来たんでしょう？
岩城　私にできるのは、一時的な処置だけです。すぐに戻ってエンジニアに見せないと、他の部分まで壊れる可能性がある。
典子　その時はその時じゃないですか。
朝比奈　オーナー。
岩城　申し訳ないが、素人が口出しできる問題じゃないんです。（大友に）家族の同意を得たんだ。これで文句はないな？
大友　しかし……。
岩城　（郁代に）さあ、彼女の部屋へ案内してください。
小沢　岩城先生、お願いがあります。
岩城　お願い？
小沢　ヒトミに会ったら、もう一度、聞いてくれませんか。ハーネスを外してもいいかどうか。
郁代　小沢君、仕方ないのよ。
小沢　仕方ないかどうかは、彼女が決めるべきなんです。ハーネスを着けてるのは、お母さんでも先生たちでもない。ヒトミなんだから。

岩城　彼女には、自分がどれだけ危険な状態にあるか、全くわかっていない。たとえ彼女が泣いていやがっても、ハーネスは外す。それが我々の結論です。

小沢　いつも結論が先にあるんですね。着ける時も、外す時も。

岩城　そんなことはない。私は常に彼女の意思を尊重してきた。

小沢　でも、ヒトミには、絶対にノーと言えなかった。当たり前ですよ。下手に逆らって、先生たちを怒らせるわけにはいかない。ハーネスは他の人に着けるって言われたら、また寝たきりになる。ヒトミは、先生たちの言う通りにするしかなかったんだ。

岩城　私は常に彼女を対等な人間として扱ってきた。

佐久間　本当にそう言い切れる？　彼女に無理矢理ピアノを弾かせようとはしなかった？

岩城　それは、彼女が最初に望んだことだ。

大友　だったら、なぜヒトミさんは弾こうとしないんです。

岩城　わからない。彼女は怖いと言っていたが、本当かどうか。

小沢　ヒトミは自分の気持ちを隠し続けてきた。でも、どうしても隠し切れなくなったから、ここへ逃げてきたんです。お願いします。結論は、ヒトミに出させてやってください。これは、ヒトミの問題なんだから。

14

若杉に支えられて、ヒトミがやってくる。

典子　ヒトミ。
郁代　（ヒトミに）あなた、歩いたりして平気なの？
朝比奈　（若杉に）どうして部屋にいてもらわなかったんです。
若杉　俺は止めたんですよ。でも、もう大丈夫だって言い張るから。
朝比奈　言い訳してないで、椅子に座ってもらいなさい。
若杉　（ヒトミに）ほら、やっぱり怒られた。
ヒトミ　ごめんなさい。

若杉がヒトミを椅子に座らせる。

岩城　診察は、あなたの部屋でするつもりだったんですが。
ヒトミ　すいません。先生方に一刻も早く、謝りたくて。岩城先生、佐久間先生。ご迷惑をおかけして、本当にすいませんでした。

佐久間 私たちと一緒に、病院へ帰ってくれる？

ヒトミ ええ、帰ります。帰らせてください。

大友 本当にいいんですか？

ヒトミ どうしてそんなこと聞くんですか？　大友先生は、私を連れ戻しに来たんでしょう？

大友 それはそうですけど。

ヒトミ もう逃げたりしません。だから、安心してください。

岩城 とりあえず、ハーネスの様子を見ましょう。故障がひどいようなら、すぐに外さないと。それじゃ、あなたの部屋へ行きましょうか。

朝比奈 若杉君。

若杉がヒトミに歩み寄る。

小沢 待ってください。

岩城 まだ何か話があるのか。

小沢 あなたじゃなくて、ヒトミに。

ヒトミ 私は話したくない。大友先生、行きましょう。

小沢 どうしてそうやって、いつも我慢するんだ。どうして本当の気持ちを言わないんだ。

ヒトミ 私は病院へ帰りたいの。それが本当の気持ちよ。

小沢　帰って、ハーネスを外されて、また寝たきりになる。それを、おまえは本当に望んでるのか？

ヒトミ　仕方ないじゃない。そうなったのは、私のせいなんだから。

小沢　せっかく元の体に戻ったのに。

ヒトミ　戻ってない。私はもう、事故で怪我をする前の私には戻れないのよ。リハビリをして、動けるようになればなるほどわかった。私の体は、もう死んでるんだって。私は死んでるのよ。

ヒトミが立ち上がる。

岩城　しかし、あなたは自分の足で立ってる。死んでる人間に、そんなことができますか？

ヒトミ　立つってどういうこと？　足の裏で地面を踏みしめるってことでしょう？　でも、私には足の感覚がない。地面が感じられないのよ。初めて立った時は、グラグラ揺れて、怖くて堪らなかった。

岩城　じゃ、初めて歩いた時は？　あなたはとてもうれしそうだった。

ヒトミ　確かに、涙が出るほどうれしかった。自分の行きたい所へ行けるんだもの。でも、ずっと足を見てないと、いつ転ぶかわからない。十メートル歩いただけで、汗びっしょりになった。

郁代　初めて本を読んだ時は？

ヒトミ　ページが一枚ずつめくれなくて、イライラした。まるで、毛糸の手袋でもしてるみたいだった。

佐久間　初めてバスケットをした時は？

ヒトミ　手、足、ボール、ゴール。見なくちゃいけないものが多すぎて、目が回りそうだった。
朝比奈　初めてコップの水を飲んだ時は？
ヒトミ　コップを口に持ってくるまでに、半分以上、こぼれた。悔しくて、味なんかわからなかった。
大友　平仮名を書いた時は？
ヒトミ　赤ちゃんでも書けそうな字だった。スケッチブックを引き裂きたかった。
若杉　小学校へ行った時は？
ヒトミ　鉄棒をつかんでも、何も感じなかった。叩いても感じなかった。
典子　海へ行った時は？
ヒトミ　そのまま海へ飛び込んでしまいたかった。あんなに大好きだったのに、私には何も感じないのよ。砂を踏んでも、水に触っても。
小沢　どうして言ってくれなかったんだ。
ヒトミ　言ってどうなるのよ。あなたに私の気持ちがわかる？　何も感じないことがどんなに苦しいことか。お母さんに手を握られても、典子に抱き締められても、目を閉じると消えるのよ。お母さんも典子も、私自身も消えるのよ。
小沢　確かに、わからないかもしれない。でも、知ることならできる。おまえが言ってくれれば。
ヒトミ　知ってほしくなんかない。これ以上、同情されたくなかった。
佐久間　ハーネスは、ずっとあなたを苦しめてきたのね？
岩城　（ヒトミに）だったら、なぜ半年も我慢してきたんです。なぜ外してくれと言わなかったんです。

ヒトミ　それは……。
郁代　ピアノが弾きたかったからよ。違う？
大友　でも、ヒトミさんは弾きたくないって言った。ピアノが怖いって。
ヒトミ　怪我をしてから半年の間、私はずっと考えてきた。体の動かない私に、生きていく意味があるのか。ピアノが弾けなくなった私に、何ができるのか。答えはゼロ。だから、ハーネスの話を聞いた時、これでもう一度、生きる意味が見つかったと思った。だから、どんなに苦しくても、我慢した。でも、もしピアノが弾けなかったら？　私はやっぱりゼロなのよ。
典子　弾きもしないで、どうしてわかるのよ。
ヒトミ　だって、私は何も感じないのよ。目を閉じると、消えるのよ。
朝比奈　なぜ目を閉じるんです。鍵盤を見つめたまま、弾けばいいじゃないですか。
若杉　（ヒトミに）何度も弾いてるうちに、目を閉じても弾けるようになりますよ。
ヒトミ　でも、指先に感触がなければ、気持ちが込められない。鍵盤を叩くだけじゃ、弾いたとは言えないのよ。
大友　だから、怖かったんですか？
ヒトミ　ピアノはきっと私に言うわ。おまえは、昔のおまえに戻れないって。もう何もできないって。
小沢　何もできないなんて嘘だ。
ヒトミ　こんなに言っても、わからないの？
小沢　わからない。だって、おまえには話ができるじゃないか。体が動かなくなっても。
ヒトミ　私の話に、何の価値があるの？

小沢　おまえの話を聞けるだけで、お母さんはきっとうれしいだろう。典子さんだって、俺だってうれしいだろう。それで十分じゃないか。

ヒトミ　私はちっとも十分じゃない。

小沢　それだけじゃない。おまえには、俺の話を聞くこともできる。俺の顔を見ることもできる。

ヒトミ　それで小沢君は満足できる？　私は小沢君を幸せにできる？

小沢　できるさ。おまえが幸せだって思うことが、俺は一番うれしいんだから。

ヒトミ　私の幸せって、何よ。

小沢　生きることさ。自分の思い通りに。

ヒトミ　動けないのに？

小沢　動けない分、たくさん物を見ればいい。たくさん音を聞いて、たくさん話をすればいい。俺がおまえをどこへでも連れていくから。

ヒトミ　無理よ。

小沢　そりゃ、どこへでもっていうのは無理かもしれないけど。

ヒトミ　そうじゃなくて、行くだけじゃダメなのよ。こんな体になって、初めてわかった。触るってことが、どんなに大事だったか。砂の柔らかさや水の冷たさを感じることが、どんなに幸せだったか。私にはそれができないのよ。

小沢　さっき砂浜に行った時、本当に何も感じなかったか？

ヒトミ　感じなかったって言ったでしょう？

小沢　潮の匂いは。

ヒトミ　匂い？

小沢　夕陽の眩しさは。風の冷たさは。

ヒトミ　それは別よ。風は顔で感じるから。

郁代　ヒトミ。今、何て言ったの？

ヒトミ　だから、風は別なのよ。触ろうとしなくても、勝手に吹いてくるんだから。

小沢　（ヒトミの頬に触って）じゃ、これは？　俺の手は冷たいか？

ヒトミ　……温かい。

典子　ヒトミ。

小沢　海から吹いてきた風を、ちゃんと感じたんだろう？

ヒトミ　昔と同じ風だった。

小沢　その風を、二人で一緒に感じよう。この世界のすべてを二人で見よう。俺はいつでもそばにいる。おまえが瞳を閉じない限り。

ヒトミ　（うなずく）

岩城がヒトミに歩み寄る。

岩城　これ以上、無理をしない方がいい。あなたは疲れている。

ヒトミ　（うなずく）

岩城　あなたの部屋へ行きましょう。ハーネスの様子を見ないと。

佐久間 もし故障がひどかったら？　ハーネスのスイッチを切るつもり？

岩城 彼女の命を守るためだ。

大友 お願いします。せめて、病院に戻るまで。

岩城 私にできるだけのことはする。私だって、この半年間、ずっと彼女のそばにいたんだ。

岩城がヒトミの肩に手を回す。ヒトミ・岩城・佐久間・大友・郁代・典子・朝比奈・若杉が去る。

15

小沢

小沢が立っている。

ハーネスの故障は、それほどひどくなかったらしい。二時間後、彼女は恥ずかしそうな顔をして、部屋から出てきた。自分の足で歩いて。お母さんは泣いた。彼女はお母さんを抱き締めて、「ごめんね、何度も心配かけて」と謝った。そして、「出発は、明日の朝でいいって」と笑った。岩城先生は、確かに約束を守ったのだ。俺は彼女に「おやすみ」を言って、ロビーに向かった。窓の外には、月明かりに照らされた海が、ぼんやり浮かんでいた。俺は椅子に腰を下ろして、海を見つめた。そして、彼女と過ごしてきた五年間を思い出した。BGMは波の音。寄せては返す波のように、俺もいつまでも変わらずにいよう。そう何度も呟いているうちに、朝が来た。

七月三日の朝。下田あじさいホテルのロビー。
あつこがやってくる。手にはモップ。

あつこ　おはよう。
小沢　あ、おはようございます。
あつこ　昨日は悪かったね、おかしな誤解をしちゃって。
小沢　駆け落ちですか？　俺には、そんなことをする勇気、ありませんよ。
あつこ　確かに、見た目は頼りないさ。でも、男の値打ちは見てくれじゃない。いざって時に、死ぬ気で女を守れるかどうかさ。
小沢　あつこさんの旦那さんも、そういう人だったんですか？
あつこ　まあね。あんたより、ずっといい男だったけどさ。
小沢　また嘘をついて。典子さんから聞きましたよ。
あつこ　何を？
小沢　旦那さんはまだ亡くなってないんでしょう？　七十過ぎても現役の漁師で、バリバリ働いてるんでしょう？
あつこ　あのおしゃべり娘。他に何か言ってなかったかい？
小沢　いいえ、別に。
あつこ　もう帰るんだって？　良かったら、また遊びに来なよ。
小沢　必ず来ますよ。旦那さん、大事にしてあげてくださいね。
あつこ　ああ。前の旦那みたいに、早死にされちゃたまらないからね。
小沢　え？

そこへ、ヒトミ・典子がやってくる。

典子 あっこさん、またおしゃべり？　事務所の掃除、終わったの？
あつこ 今、やろうと思ってたんだよ。（ヒトミに）じゃあな。
ヒトミ さようなら。

あつこが去る。

小沢 （典子に）あつこさんて、再婚してたんですね。
典子 嘘。ずっと同じ旦那よ。
小沢 （奥に向かって）どこまでが本当なんだ？

反対側から、朝比奈・若杉がやってくる。

若杉 何グズグズしてるんですか？　皆さん、駐車場でお待ちですよ。
典子 わかった。すぐに行く。
朝比奈 （ヒトミに）良かったですね、元通りに歩けるようになって。
ヒトミ ええ。でも、病院へ帰ったら、すぐに手術だそうです。
典子 必ずお見舞いに行くからね。

朝比奈　私も行きますよ。若杉君に留守番をさせて。
若杉　俺も連れていってくださいよ。俺の運転なら、東京まで一時間で着きますよ。
朝比奈　私は絶対に乗りませんよ。
ヒトミ　本当にお世話になりました。
小沢　じゃ、行こうか。（と歩き出す）
ヒトミ　（動かない）
小沢　（立ち止まって）どうしたんだよ。行くぞ。
ヒトミ　（動かない）
小沢　ヒトミ。まさか、また帰りたくないって言うんじゃないだろうな？
ヒトミ　（ピアノを見る）
典子　そうか、わかった。
若杉　何ですか？
典子　ヒトミがここへ来た、本当の理由が。
朝比奈　本当の理由って？
典子　（ヒトミに）ハーネスを外されるって聞いた時、最初に私の顔を思い出したって言ったよね？　でも、その前にもう一つ、別の物を思い出したでしょう？
若杉　何ですか、別の物って？
小沢　そうか、ピアノだ。
典子　（うなずいて、ヒトミに）本当は、私より、このピアノに会いたかったんでしょう？　動けなくなる前に、このピアノが弾きたかったんでしょう?
ヒトミ 違うよ。
典子 いいっていいって、隠さなくても。
朝比奈 でも、ヒトミさんはピアノが怖いって。
典子 このピアノは別よ。ヒトミが生まれて初めて弾いたピアノだもの。ドレミファしか弾けなかったヒトミを知ってるのよ。うまく弾けなくても、文句は言わないわ。
小沢 (ヒトミに)だから、このピアノに会いたかったのか。
ヒトミ ……。
典子 ピアノだって、ヒトミに会いたかったと思うよ。ここでずっと、ヒトミのことを待ってたんだから。
小沢 (ヒトミに)弾いてやれよ。またしばらく会いに来られなくなるんだから。
ヒトミ でも……。
朝比奈 もしかして、若杉君がいるからイヤなんですか?
若杉 そうじゃなくて、俺たちみんなに聞かれるのがイヤなんですよ。
典子 (ヒトミに)じゃ、外で待ってようか?
ヒトミ いいよ、ここにいて。

ヒトミがピアノに近づく。蓋を開ける。鍵盤を見つめる。人指し指で鍵盤を押す。そこへ、あつこが走ってくる。

あつこ　誰だい、ピアノを弾いたのは。
若杉　あつこさん、シーッ！
朝比奈　（あつこに）あなたって人は最後まで。
典子　（ヒトミに）どうだった？　ピアノはなんて言ってた？
ヒトミ　わからない。でも、私は凄くうれしい。
典子　もう一回、弾いてみてよ。
ヒトミ　そこにいてね。
小沢　ああ、そばにいるよ。

あつこが吹き出す。朝比奈がにらむ。あつこが頭を下げる。ヒトミが笑う。そして、片手だけでゆっくりとピアノを弾く。ふと、ヒトミの手が止まる。うつむく。小沢がヒトミに歩み寄り、肩に手を置く。典子・朝比奈・若杉・あつこもヒトミに歩み寄る。ヒトミがゆっくりとピアノを弾く。そこへ、大友がやってくる。ヒトミが弾いているのを見て、外に向かって叫ぶ。そこへ、岩城・佐久間・郁代がやってくる。大友がヒトミを示す。全員がヒトミを見つめる。ヒトミはもう一人ではないのだ。
波の音が聞こえる。寄せては返す波の音が、いつまでも。

〈幕〉

マイ・ベル

MY BELLE

登場人物

冴子
みちる（冴子の娘・小学六年）
修造（冴子の兄・脚本家）
夕佳（修造の妻・スポーツジムのインストラクター）
五木（プロデューサー）
城山（演出家）
多岐川（女優）
哲郎（俳優）
晴子（女優）
しおり（女優）
真紀（女優・高校二年）
野坂（制作助手）
早乙女（舞台監督兼演出助手）

1

十月一日、朝。新潟県のとある駅の待合室。
数人の男女が電車を待っている。夫婦らしい二人連れもいれば、一人で雑誌を読んでいる者もいる。手前のベンチに、一組の母娘が座っている。足下にはトランクとバッグが置いてある。母親は遠くをボーッと見ている。娘は新聞を読んでいる。

冴子　（時計を見て）あと十分か。みちる、そろそろホームへ行こう。
みちる　外は寒いよ。もう少しここにいよう。
冴子　ここにいたって、寒いのは同じよ。いいから、早く新聞を畳んで。
みちる　はいはい。（と新聞を畳みながら）ねえ、ママ。やっぱり、新潟からは新幹線に乗らない？　東京まで、たったの二時間で行けるんだよ。
冴子　そんな贅沢、できるわけないでしょう？　これからは、私たち二人だけで生活していかなくちゃいけないんだから。
みちる　嘘。私たち、おじいちゃんちで暮らすんじゃないの？
冴子　それは、私が仕事を見つけるまでの話。いつまでも居候してたら、迷惑でしょう？　出戻りの上に、こぶつきなんだから。

冴子　こぶって、私のこと？

みちる　そうよ。言っておくけど、目の上のたんこぶって意味じゃないわよ。私にとっては、大切な大切なこぶ。

冴子　でも、結局はこぶなのね。

みちる　この国では昔からそういうふうに言うの。さあ、忘れ物はない？　切符はなくしてないでしょうね？

冴子　（ポケットから切符を出して）ここにあるよ。ママは？

みちる　私は大丈夫よ。ちゃんとポケットに、（とポケットに手を入れて）あれ？

冴子　ないの？

みちる　おかしいな。確かにここに入れたはずなんだけど。どうしよう、余分なお金は遣いたくないのに。

冴子　じゃ、パパに借りたら？　電話して、持ってきてもらうのよ。

みちる　そんなこと、できるわけないでしょう？

冴子　どうして？

みちる　だって、カッコ悪いじゃない。ついさっき、「さよなら」って出てきたのに、今さら、「悪いけど、お金貸してくれる？」なんて。

冴子　じゃ、銀行へ行って、下ろしてくる？

みちる　仕方ない。今日のお昼は駅弁とお茶にするつもりだったけど、お茶だけにしよう。

みちる　そんなのイヤだ。私、パパに電話してくる。
冴子　ちょっと待って。落ち着いて、もう一度、思い出すから。切符を買って、改札へ行ったら、ちょうど電車が動き出したところで——
みちる　仕方なく、ここで待つことにしたのよ。
冴子　そうそう。みちるは新聞を読み始めて、私は——
みちる　売店へ時刻表を買いに行って。
冴子　お金を出そうとしたら、切符が邪魔だった。どこに入れたか、忘れたらいけないと思って、おつりと一緒にお財布に入れて、（と財布を出して）あった。
みちる　私、ママよりそそっかしい人、見たことない。サザエさんにだって、余裕で勝てるよ。
冴子　パパにもよく言われたわ。「時々、みちるの方が大人に見える」って。
みちる　それって、悪口じゃないと思うよ。そういうママの子供っぽい所が、パパにはかわいく見えたのよ。
冴子　それは、若い頃の話。三十過ぎると、長所だと思ってた所が、みんな短所になっちゃうのよね。
みちる　だから、他の女の人を好きになったのかな？
冴子　そんなこと、私が知るもんですか。でも、あの人だけを責めるつもりはないわ。私だって、あの人のこと、いろいろ傷つけてたと思うし。
みちる　夫婦って、臼と杵なのよ。二人とも、おいしいお餅を作りたいだけなのに、作れば作るほど、擦り減っていく。
冴子　どの本に書いてあったの、そんなこと？

みちる　いろんな本を読んで、総合的に考えたの。当たってるでしょう?

冴子　さあね。私たちのことはどうでもいいから、あんたは自分の心配でもしてなさい。そう言えば、最初の日に何を着ていくか、決めた?

みちる　最初の日って?

冴子　転校第一日目よ。第一印象って、とっても大切なのよ。他の子が話しかけやすいように、明るいイメージを演出しなくちゃ。そうだ。誕生日に買ってあげた、水色のワンピースはどう?

みちる　何でもいいよ。どうせ、話の合う子なんか、いるわけないいんだから。

冴子　またそうやって頭から決めつける。

みちる　でも、今まではずっとそうだったよ。この前だって、先生が「将来、何になりたい?」って聞くから、「私は宇宙飛行士になります。そのために、東大の理Iで宇宙工学を勉強して、NASAに入ります」って言ったの。そうしたら、クラス中の子がポカンとしてた。

冴子　ごめん。私も今、ポカンとしちゃった。(と時計を見て)あと五分しかない。急いでホームに行かないと。

みちる　本当に忘れ物はない?

冴子　ないと思う。あっても、構わない。切符があって、みちるがいれば。

みちる　ママ、ちょっと臭いよ。

冴子　臭くてもいいわ。本当のことだから。

みちる　私のことは置いといて、切符は必ずお財布に入れるって決めたら?

冴子　そうする。でも、忘れそうになったら言ってね。
みちる　自分のことは自分でするの。約束して。
冴子　わかりました。切符は必ずお財布に入れます。そのかわり、みちるもお風呂で本を読まないって約束して。それで何度も風邪を引いたでしょう？
みちる　わかった。
冴子　それから、授業中に「頭が痛い」って嘘をついて、保健室で本を読むのもやめて。
みちる　どうして知ってるの？
冴子　約束して。
みちる　わかった。約束する。そのかわり、ママもう一つだけ約束して。
冴子　何？
みちる　これからは、自分のやりたいことをやって。今までずっと我慢してきたんだから。
冴子　（うなずく）

冴子とみちるが立ち上がり、トランクとバッグを持つ。新しい生活に向かって、最初の一歩を踏み出す。他の人々も立ち上がり、それぞれの荷物を持つ。新しい生活に向かって、最初の一歩を踏み出す。

2

十月二十日、夜。修造の家のリビングルーム。
夕佳が冴子とみちるを案内してくる。

夕佳　あんまり片づいてなくて、ごめんね。私も今、帰ってきたところなんだ。
冴子　兄さんはまだ？
夕佳　最近、ちょっと忙しいのよ。年末にまたお芝居をやるんだけど、キャスティングが難航しちゃってて。今日もその打ち合わせ。
冴子　夕佳も忙しいんでしょう？
夕佳　まあね。うちのジム、来年からアクアビクスを始めるんだ。私も一クラス持つことになって、今、研修をやってるの。
みちる　夕佳ちゃん、アクアビクスなんてできるの？
夕佳　アクアビクス以前に、水泳ができない。だから、毎日、バタ足の練習よ。
冴子　ねえ、夕佳。兄さん、私が来ることは知ってるんだよね？
夕佳　出かける前に話したから、忘れてないと思うけど。何よ。今日は修ちゃんに用事？　久しぶりにゆっくり話せると思って、楽しみにしてたのに。
冴子　私だってそうだよ。本当はもっと早く顔を出したかったんだけど、荷物の整理とかあって。
夕佳　少しは落ち着いた？
冴子　もともと自分の家だしね。ちょっぴり肩身は狭いけど。
みちる　（夕佳に）出戻りの上に、こぶつきですから。
夕佳　みちるちゃんはどう？　新しい学校には慣れた？
みちる　前と変わらないって感じ。自己紹介の時、「私の好きな言葉は『臥薪嘗胆』です」って言ったら、シーンとしてた。
夕佳　そりゃ、シーンとするわ。（冴子に）で？　何か仕事は見つかった？
冴子　ううん。今日はそのことで兄さんに相談しようと思って。
夕佳　もしかして、女優に復帰するの？
冴子　ごめんね、今まで黙ってて。最初の舞台が決まったら、真っ先に言おうと思ってたんだ。
夕佳　修ちゃんは知ってるの？
冴子　まだ言ってない。きっと反対されるもの。
夕佳　そんなことないよ。冴子が辞めるって聞いた時、凄く残念がってたんだよ。「俺が書いた舞台に出てほしかった」って。
冴子　六年も前の話でしょう？　私も年を取っちゃったし、「今さら復帰してどうするんだ」って言われるに決まってる。
夕佳　そんなことないって。私ももったいないと思ったんだ。だって、あんた、高校生の時から、

冴子　「女優になりたい」って言ってたじゃない。
夕佳　現実はそんなに甘くなかったのよ。十年やっても、二時間ドラマの脇役止まりだったし。だから、旦那が「新潟へ戻って、実家を継ぐ」って言った時、「これが潮時ってやつなのかな」って思ったんだ。
冴子　でも、心の底では諦めてなかったんでしょう？
夕佳　自分では諦めたつもりだった。でも、昔の知り合いがテレビに出てると、胸の奥がチリチリしてくるのよ。何年経っても、それだけは変わらなかった。だからかな。離婚が決まった瞬間、ふと思ったの。「また舞台に立てるかもしれない」って。
冴子　テレビじゃなくて、舞台？
夕佳　それが私の原点だからね。高一の文化祭で、初めて舞台に立った時、「これしかない」って思ったんだもの。あの時の気持ちに戻って、もう一度、一から始めたいの。それでダメだったら、今度こそ諦める。
夕佳　いいじゃない、やりなよ。私に手伝えることがあったら、何でも手伝う。もちろん、修ちゃんにも手伝わせる。反対なんかしたら、バーベルで殴っちゃう。
冴子　ありがとう。
夕佳　まだ三十三歳だもんね。若いうちにやりたいことをやらなくちゃ。
冴子　もうすぐ三十四なんだけど。
夕佳　で？　私は何をすればいい？　修ちゃんに、「冴子を主役にして、脚本を書け」って言おうか？

冴子　それは無理よ。実を言うと、東京に戻ってきてから、オーディションを受けまくってたんだ。でも、全部不合格。昔の知り合いにもいろいろ連絡を取ったんだけど、いい返事はもらえなかった。当たり前よね。私には六年もブランクがあるんだから。でも、兄さんなら、いい人を紹介してくれるんじゃないかと思って。

夕佳　わかった。「冴子にいい人を紹介しろ」って言えばいいのね？　ついでに、「百人紹介するまで、メシは抜きだ」って言おうか？

そこへ、修造と五木がやってくる。修造は紙袋を持っている。

修造　夕佳ちゃん、ただいま。（冴子とみちるに）遅くなって、悪かったな。お詫びにお土産を買ってきたぞ。

みちる　お邪魔してます。

五木　（夕佳に）お邪魔します。昨日も来たけど、今日も来ました。

夕佳　ちょうどよかった。あなたに紹介したい人がいるのよ。

五木　冴子さん、久しぶり。覚えてるかな、サンライズ劇場の五木です。

冴子　お久しぶりです。五木さん、すっかり貫禄がつきましたね。まるで、悪徳弁護士みたい。

夕佳　何よ。知り合いだったの？

冴子　新潟に行く前に、二、三度会ったの。

五木　「俺が一人前のプロデューサーになったら、一緒に舞台をやろう」って言ったんだよね？

冴子　そうなる前に引退されちゃったけど。
みちる　みちる、ご挨拶して。
五木　（五木に）はじめまして、立原みちるです。
修造　よろしく。
（冴子に）今日は泊まっていくんだろう？　これから五木と打ち合わせをするけど、終わったらみんなで飲もう。（と紙袋から瓶を出して）初めてドン・ペリを買っちゃったよ。おまえの好きな久保田もあるぞ。
みちる　ママって、お酒が強いの？
夕佳　ザルよ、ザル。いくら飲んでも、顔色も性格も変わらないのよ。
修造　夕佳ちゃんはすぐに赤くなるよね。性格もますます凶暴になる。
夕佳　私には飲むなって言いたいわけ？
修造　まさか。このドン・ペリは夕佳ちゃんのために買ってきたんだ。でも、僕にも一口飲ませてね。
みちる　（冴子に）ママがウワバミだなんて知らなかった。
五木　ウワバミなんて難しい言葉、よく知ってるね。
みちる　英語ではアナコンダ。大きな蛇のことです。
五木　みちるちゃん、今、何年生だっけ？
みちる　小学六年です。
夕佳　でも、頭は大学生並よね。（五木に）この子、ＩＱが二〇〇もあるんだって。

五木　二〇〇？

みちる　（夕佳に）オーバーなこと言わないでください。一九八です。でも、父の親戚には二〇五って人がいたそうです。私が生まれる前に亡くなったけど。

修造　つまり、みちるの頭の良さは、父親の血統ってわけだ。うちの血統は肩身が狭いな。（五木に）じゃ、俺たちは書斎へ行こうか。

五木　いや、その必要はなくなった。

修造　え？

五木　わからないのか、修造。俺は今、猛烈に感動してるんだぞ。

夕佳　どうしたの、五木さん？

五木　みちるちゃん。君、舞台に立ってみないか？

みちる　は？

修造　五木、おまえ、まさか。

五木　そうだよ。もう打ち合わせなんかしなくていい。明日のオーディションも中止だ。この一週間、ずっと探し続けていた子に、たった今、出会ってしまったんだから。これこそ、天の配剤ってやつだ。そうだろう、修造？

冴子　すみません。話が全然、見えないんですが。

五木　そうか。じゃ、急いで見えるようにしてやろう。実は今度、修造が書いた脚本で舞台をやるんだ。タイトルは『小さな貴婦人たち』。その中に四人姉妹が出てくるんだけど、末っ子の役だけがまだ決まってなかった。十日後には稽古が始まるっていうのに。しかし、これで

冴子　もう大丈夫。
五木　つまり、みちるに役者をやれってことですか？
修造　（頭を下げて）頼みます。断られたら、俺と修造は裸で神田川に飛び込むしかない。
夕佳　俺はイヤだ。飛び込むなら、おまえ一人にしてくれ。
五木　二人とも落ち着いて。いきなり「やれ」って言われて、「はい、やります」なんて言えると思う？　大体、みちるちゃんにはお芝居の経験が全くないのよ。
経験なんか関係ない。（みちるに）君は、俺が考えていた末っ子のイメージにピッタリなんだ。頼むから、やると言ってくれ。
みちる　お断りします。
五木　そんな。
みちる　私、お芝居には興味がないんです。おかしくもないのに笑ったり、悲しくもないのに泣いたりして、一体何がおもしろいんだろうと思う。
夕佳　そう言われちゃうと、身も蓋もないわね。
みちる　はっきり言って、バカバカしいと思う。ママには悪いけど。
冴子　ずいぶんひどいこと言うわね。そりゃ、あんたは宇宙飛行士になろうっていうぐらい頭がいいんだもの。役者なんて、バカに見えるでしょうよ。でも、役者は別に笑うふりをしてるわけじゃない。舞台で笑う時は、本当におかしいから笑うの。役の気持ちになれば、自然と笑えるのよ。
みちる　だから何？　そんなことをしてる時間があったら、本を読んだ方がマシ。

冴子　あんたは何のために本を読むの？　知識を頭に詰め込むためでしょう？　でも、役者は違う。役者は新しい役をやるたびに、新しい感情に出会える。知識じゃなくて、実際に経験できるのよ。それがどんなに素晴らしいことか、あんたには全然わかってない。だから、バカバカしいなんて言えるのよ。

五木　（拍手して）その通り。冴子さん、君からも説得してくれよ。みちるちゃんに舞台のすばらしさを経験してもらおう。

冴子　お断りします。

五木　そんな。

冴子　正直に言います。私、子役ってあんまり好きじゃないんです。全部が全部とは言わないけど、子役って、みんな同じ演技をしますよね？　あれって、大人の目から見た、いい子を演じようとしてるからなんです。悪いのは、そういう演技をやらせる大人の方なんだけど。

修造　それは聞き捨てならないな。おまえは、俺や五木も同じことをやらせるって言いたいのか？

夕佳　ちょっと待ってよ。修ちゃんは、みちるちゃんがお芝居をやることに賛成なの？

修造　確かに、みちるはあの役にぴったりだ。書いた本人が言うんだから、間違いない。

夕佳　あの役って、どんな役なのよ。

修造　名前はエイミー。四人姉妹の末っ子だから、ちょっとワガママなところもあるけど、根は明るくて正直な子だ。頭の回転が速くて、絵の才能もあって、早く一人前の女性になりたいと思っている。一言で言えば、かわいい。

みちる　かわいい？

五木　たとえば、デビューした頃の南沙織だ。
夕佳　たとえが古すぎない？
みちる　でも、何だかおもしろそう。
五木　みちるちゃん、もしかして、気が変わったのか？
みちる　だって、裸で神田川に飛び込んだら、風邪を引くでしょう？
冴子　あんた、本気でやるつもりなの？
みちる　舞台がそんなにすばらしいものなら、一回ぐらいやってみてもいいかなと思って。
冴子　何が「一回ぐらい」よ。舞台っていうのは、大変なのよ。テレビや映画と違って、やり直しがきかない。だから、いつも真剣勝負なの。読書みたいに、「疲れたから途中で休憩」ってわけにはいかないのよ。
五木　冴子さん、責任は俺が持つ。君にもみちるちゃんにも、絶対に後悔はさせない。「やって良かった」って思えるような舞台を必ず作る。
冴子　でも。
五木　それに、みちるちゃんには君って先輩がいるじゃないか。心配だったら、毎日稽古場に来て、アドバイスすればいいんだ。だから、頼む。
冴子　わかりました。でも、すぐに返事はできません。一晩じっくり考えさせてください。
五木　いい返事を期待してるよ。とりあえず、乾杯しよう。夕佳ちゃん、何かつまめるものはないかな。
夕佳　急いで作る。出来上がるまで、私のドン・ペリでも飲んでて。ただし、一口ね。

修造　（冴子に）あんまり心配するな。俺だってついてるんだから。

五木・夕佳・修造が去る。

冴子　みちる、一度引き受けたら、途中で逃げ出すことはできないのよ。

みちる　大丈夫大丈夫。私が負けず嫌いだってこと、ママもよく知ってるでしょう？　やると決めたからには、絶対に一番になってやる。

冴子　でも、どうして急にやる気になったの？　かわいい役だって言われたから？

みちる　そんなことないよ。

冴子　嘘だ。目が笑ってる。

みちる　本当だって。いい演技をして、「さすがは立原冴子の娘だ」って言わせてみせるからね。そうしたら、ママにもチャンスが巡ってくるかもしれない。

冴子　余計なことは気にしなくていいの。私は私の力で舞台に立ってみせるから。

みちる　でも、まさか私が先に舞台に立つことになるとはね。本当はちょっと悔しいんでしょう？

冴子　そんなことないよ。

みちる　嘘だ。口許がヒクヒクしてる。

冴子　人のことをからかってる暇があったら、少しは自分の心配でもしなさい。舞台って本当に大変なんだから。

みちる　先輩。稽古の第一日目は何を着ていけばいいでしょう？

冴子　普段着でいいのよ。いつも通りのみちるで行けば。

冴子・みちるが去る。

3

十一月一日、昼。サンライズ劇場の稽古場。

多岐川・哲郎・晴子・しおり・真紀・野坂が台本を持ってやってくる。野坂以外の五人は椅子に座る。

遅れて、修造・五木・城山が台本を持ってやってくる。三人が椅子に座る。

五木 皆さん、お待たせしました。早速、始めましょうか。
野坂 まだ全員揃ってないんですが。
五木 誰だ、来てないのは。
修造 見ればわかるじゃないか。
五木 未来の宇宙飛行士か。まあ、そのうち来るだろう。（全員に）おはようございます。サンライズ劇場プロデュース公演『小さな貴婦人たち』の顔合わせを始めます。ご存じだとは思いますが、僕がプロデューサーの五木です。今日から千秋楽の十二月二十五日まで、皆さんを全力でサポートしていきたいと思っています。見に来たお客さん全員が、最高の笑顔で帰れるような、そんな素敵な舞台を作りましょう。さて、その舞台の脚本を書いてくれたのが、僕の隣に座っている、立原修造さん。

修造　よろしくお願いします。
五木　そして、その舞台の演出をしてくれるのが、城山一行さん。
城山　はじめまして。

そこへ、冴子とみちるがやってくる。

冴子　すみません、遅くなりました。
修造　どうしたんだ？
冴子　劇場には十分ぐらい前に着いたんだけど、稽古場の場所がわからなくて。
多岐川　冴子さん、元気そうじゃない。
冴子　お久しぶりです。多岐川さんもお元気そうですね。
五木　野坂、何ボーッとしてる。椅子をあと二つ持ってこい。
野坂　わかりました。

野坂が去る。

五木　えー、どこまでいったっけ。
城山　僕までです。
五木　じゃ、次は役者の皆さんを紹介しましょう。まず最初は、『小さな貴婦人たち』の母親、ミセス・マーチ役の多岐川聡美さん。

多岐川 娘がいっぺんに四人もできて、とても嬉しいです。どうぞよろしく。

五木 次は、長女・メグ役の和田晴子さん。その次は、次女・ジョー役の永井しおりさん。しおりさんは、今回が初めての舞台になります。テレビや映画で何かと忙しい人ですが、実は前から舞台がやってみたかったんだそうです。

多岐川 （しおりに）知らなかった。わからないことがあったら、何でも聞いてね。何でも答えられるとは限らないけど。

哲郎 （しおりに）うちの劇団のやつに、「今度、永井さんと共演するんだ」って言ったら、羨ましがってました。

真紀 （しおりに）うちの父なんか、サインをもらってこいって。後でいいですか？

しおり ええ。（全員に）皆さんのご期待に沿えるように、精一杯頑張ります。

五木 続いて、三女・ベス役の安西真紀さん。末っ子・エイミー役の立原みちるさん。後ろは付き添いのお母さん。そして最後が、マーチ家の隣に住んでいる少年・ローリー役の三好哲郎さん。

そこへ、野坂が椅子を持って戻ってくる。

野坂 お待たせしました！（と冴子とみちるに椅子を勧める）

五木 一人忘れてました。さっきからドタバタ走り回っているこの男が、制作助手の野坂秋男。

野坂 野坂です。博多生まれの二十五歳。趣味は体を鍛えることです。

五木　誰がおまえの趣味を聞いた。（全員に）困ったことや気に入らないことがあったら、全部こいつに言ってください。じゃ、全員揃ったところで、一回目の読み合わせと行きましょうか。
城山　その前に、少し時間をもらってもいいですか？
五木　どうぞどうぞ。
城山　稽古を始める前に、皆さんにいくつかお願いがあります。僕らが稽古できるのは、今日から初日の前日まで。つまり、たったの一カ月しかありません。そこで、できる限り、稽古を休まないでほしいんです。
しおり　自分の出番のない日もですか？
城山　ええ。出番のあるなしに関係なく、毎日稽古に来てください。
しおり　それは、他の仕事をするなってことですか？
城山　すでに決まっているものまでやめろとは言いません。が、これからはなるべく稽古時間の前後とか、休みの日にしてもらいたいんです。
多岐川　わかりました。
城山　それから、稽古っていうと、台本を持ってやるものと思われがちですが、僕はそれ以外の練習もやるつもりです。
哲郎　それ以外の練習って？
城山　たとえば、体を使ったゲームとか。やったことのない人は「なぜこんなことを」と思うかもしれません。が、ゲームには様々な効用があります。中でも最大の効用は、チームワークが向上すること。そのためにも、全員が参加してください。

多岐川　私にもできるかしら。

城山　最初はきついかもしれませんが、そのうち慣れますよ。それから——

哲郎　まだあるんですか？

城山　あと一つだけ。これは稽古が終わった後の話なんですが、全員で日誌を書いてほしいんです。その日の稽古で何があったか、自分はどう思ったか。

しおり　それも何か効用があるんですか？

城山　『小さな貴婦人たち』に出てくる四人姉妹は、自分たちで新聞を作りますよね？　それを実際に経験するんです。

晴子　まさか、毎日書けっていうんですか？

城山　いや、一日ごとに当番を決めて、交代で書きましょう。（とバインダーを示して）このバインダーを順番に回してください。

哲郎　うわー、もう買ってきてるよ。

晴子　（城山に）私、文章を書くのが苦手なんですけど。

城山　苦手な人は一言でもいいんです。「今日は疲れた」だけで構いません。

五木　おもしろそうだな。パンフレットに載せてもいいかもしれない。

晴子　パンフレットに？　じゃ、下手なことは書けないじゃないですか。

五木　別に全部載せる必要はない。晴子ちゃんの分はカットするから安心して。

晴子　そんなことをされたら、私だけ書かなかったと思われる。わかりました。できるだけ長く書きます。

五木　皆さん、どうです？　日誌作りに協力してくれますか？
多岐川　私はやるつもりだけど、みんなはどう？
しおり　私もやります。
真紀　じゃ、私も。
哲郎　仕方ないでしょう。もうバインダーまで買っちゃったんだから。
城山　それじゃ、早速今日から回しましょう。順番は歳の順でいいですか？
多岐川　てことは、私から？
城山　まずは母親が手本を示してください。（とバインダーを渡して）それじゃ、読み合わせを始めましょう。皆さん、台本の一ページを開いてください。ト書きは立原さんが読んでもらえますか？
修造　わかりました。
城山　最初ですから、少しずつ読んでいきましょう。緊張しないで、自分の思った通りに読んでみてください。立原さん、お願いします。
修造　「一八六〇年代のアメリカ。リンカーンが大統領に就任し、奴隷解放を宣言したことから、南北戦争が勃発した。舞台は南北戦争の最中のニューイングランド。小さいが、よく手入れされた家の居間。四人姉妹が暖炉の前で話をしている」
しおり　「プレゼントのないクリスマスなんて、全く意味がないわ。ねえ、みんな、そう思わない？」
晴子　「仕方ないわよ。今の私たちにはお金がないんだから」
みちる　「世の中って、不公平ね。他の子はきれいな服をいっぱい持ってるのに、私は一着も持ってない」

真紀　「でも、私たちにはお父様とお母様がいるじゃない。それに、こうしておしゃべりできる姉妹も」

しおり　「どこにお父様がいるって言うの？　戦争が終わるまで会えないなんて、いないのと同じじゃない。できることなら、私がかわりに行きたかったのに」

城山　永井さん、もう少し大きな声で読んでください。

しおり　すみません。最初にそう言ってもらえれば、もっと大きくしたんですけど。

城山　安西さん、続きをお願いします。

真紀　「ジョーったら、そんなことを言うものじゃないわ。戦場は大変なのよ」

晴子　「そうよね。兵隊さんたちが苦労してる時に、私たちだけ無駄遣いをするわけにはいかない。だから、お母様は、『今年のクリスマスはプレゼントを廃止します』って仰ったのよ。それはとってもいいことだと思うけど、新しい帽子がほしいって気持ちは、なかなか消えないのよね」

しおり　「新しい本を二冊だけ。それだけでいいんだけどな」

真紀　「私は楽譜が一つだけでいいわ」

みちる　「色鉛筆がどうしても必要なの。白黒の絵なんて、もうたくさん」

しおり　「ねえ、こう考えたらどうかな。お母様は『プレゼントを廃止します』って仰ったけど、『お小遣いを使うな』とは仰らなかった。だから、叔母様にもらった一ドルで、自分のほしい物を買うっていうのは？」

城山　すみません、ちょっと止めます。
しおり　まだ小さいですか？
城山　いや、永井さんじゃなくて、みちるさんです。どうして台本を開かないんですか？
みちる　私、科白は全部覚えたんです。
哲郎　凄いな。僕なんか、本番中でも忘れるのに。
城山　（みちるに）覚えたとしても、今は台本を見てもらえますか。他の人の科白も含めて、一つ一つの言葉を確認しながら読んでほしいんです。
みちる　でも。
冴子　わかりました。（みちるに）ほら、台本を開いて。
みちる　（渋々、台本を開く）
城山　安西さん、続きをお願いします。
真紀　「そうだ。どうせお金を使うなら、自分の物を買うのはやめて、お母様にプレゼントをしない？」
しおり　「ベス、あんたって本当にいい子。私、お母様のスリッパが擦り切れてるのが、どうにも我慢ならなかったのよ」
晴子　「私は手袋を買うわ。お母様の好きなピンク色の」
真紀　「私はハンカチ。自分で刺繍をして」
みちる　「私は香水。小さいのにすれば、色鉛筆だって買えるかも」
修造　「そこへ、ミセス・マーチがやってくる」

多岐川　「まあまあ、ずいぶん賑やかね」
晴子　「お母様、お帰りなさい」
多岐川　「ただいま、メグ。ジョー、誰かお客様は来なかった？　ベス、顔色がよくないけど大丈夫？　エイミー、キスしてちょうだい」
修造　「姉妹たちがミセス・マーチのコートや荷物を受け取る」
多岐川　「今日はみんなに素敵な贈り物があるのよ」
みちる　「わかった。お父様からのお手紙ね？」
修造　「姉妹たちがミセス・マーチの周りに集まる」
しおり　「お母様、早く読んでよ」
多岐川　「待ちなさい。手紙は逃げたりしないんだから」
修造　「ミセス・マーチが椅子に座る。手紙を広げて、読み始める」
多岐川　「愛する妻と娘たちへ。昼も夜もおまえたちのことを思い、心に浮かぶおまえたちの姿を励みにしている。再び会える日はまだまだ遠いが、立派にそれぞれの仕事に励んでほしい。娘たちはよく母に仕え、私が帰る頃には、ますます愛しい、『小さな貴婦人たち』になっていてほしい。おまえたちを誇りに思っている父のために」
冴子　（小さな声で）みちる、台本を見なさい。
城山　どうしました？
冴子　いいえ、何でもないんです。
城山　稽古中は静かにしてください。

冴子　すみません。
みちる　（城山に）私が悪いんです。私が台本を見てなかったから。今度はちゃんと読みます。
哲郎　本当に全部覚えてるんだ。君、どこの劇団？
みちる　お芝居をやるのは生まれて初めてです。
哲郎　マジ？
五木　この子は僕がスカウトしてきたんだ。（全員に）気づいている人もいるかもしれませんが、この子は立原修造さんの姪なんです。
修造　叔父さんと違って、とっても頭がいいんです。この台本も、一回読んだだけで覚えてしまたっそうです。
多岐川　将来が楽しみね。
城山　問題は科白を覚えた後です。芝居は記憶力だけでやるものじゃない。多岐川さん、続きをお願いします。

多岐川が日誌を読む。その間に、冴子とみちる以外の人々が去る。

多岐川　十一月一日。いよいよ『小さな貴婦人たち』の稽古が始まりました。今日は台本の読み合わせを二回やりました。城山さんの演出はなかなか厳しそうです。が、このお芝居をいいものにしたいという気持ちは、ヒシヒシと伝わってきました。私も城山さんに負けないように、精一杯頑張るつもりです。エイミー役のみちるちゃんへ。あなたのお母さんと私は、ずっと前に同じお芝居に出たんですよ。あなたのお母さんは毎日稽古場に一番乗りして、一人で練習していました。その人の娘さんと共演できるなんて、とてもうれしい。長く続けてきたことへのご褒美かな、と思っています。今日から千秋楽までの二カ月、みんなで楽しく過ごしていきましょう。

多岐川が去る。

4

十一月一日、夜。修造の家のリビング。
夕佳が本を五冊持ってやってくる。

夕佳 みちるちゃん、お待たせ。（本を差し出して）南北戦争について書いてあるのは、この五冊だけだと思う。

みちる （受け取って）ありがとう。

冴子 兄さんが帰ってきたら、ちゃんと「貸してください」って頼むのよ。

みちる わかってる。でも、さすがに脚本家ね。戦争の場面なんか一度も出てこないのに、こんなに読んでるんだ。

夕佳 読まないと、イメージが湧いてこないんだって。で、今日の稽古はどうだったの？　緊張した？

みちる 私より、ママの方が緊張してたみたい。

夕佳 そうなの？

冴子 だって、この子ったら、演出家に口答えしようとしたのよ。やっぱり断ればよかったって、

夕佳　後悔しちゃった。

冴子　今さら後悔しても、手遅れよ。みちるちゃんもすっかりやる気になってるんだし。問題は、みちるじゃなくて演出家なの。城山さんていうんだけど、ムチャクチャ厳しそうな人だった。みちるみたいな頭でっかちな子は、徹底的にしごかれると思う。

みちる　私、あの人とはうまくやっていけそうな気がする。確かに顔は怖いけど、言ってることは筋が通ってるもの。

冴子　わかってないわね。稽古っていうのは、役者と演出家の戦いなのよ。あんたはあんたの力で、あの論理男と対決しなくちゃいけない。ボコボコにされるのは目に見えてるわ。

夕佳　でも、稽古はもう始まっちゃったんだから、今さらジタバタしても仕方ないよ。みちるちゃんのことはみちるちゃんに任せて、あんたは自分の仕事を探したら？

そこへ、修造・五木・城山がやってくる。修造は紙袋を持っている。

修造　夕佳ちゃん、ただいま。（冴子とみちるに）よう、来てたのか。

夕佳　その顔はかなり飲んできたみたいね。

修造　夕佳ちゃんは怒った顔もかわいいです。

五木　（夕佳に）ごめん、俺が飲ませたんだ。三人で飯を食ってるうちに、話が盛り上がっちゃって。あ、紹介しよう。こちらは、今回の演出家の城山君。

城山　はじめまして。

五木　こちらは、修造の奥さんで、みちるちゃんの叔母さんの夕佳さん。
夕佳　（城山に）みちるがいろいろご迷惑をかけると思いますけど、どうかお手柔らかにお願いします。
修造　よし、皆で飲み直そう。（と紙袋から瓶を出して）思い切って、ドン・ペリを買っちゃったよ。もちろん、冴子も付き合うよな？
冴子　私はいいけど。（とみちるを見る）
みちる　遠慮しないで飲めば？　私はまたジュースを飲む。
修造　夕佳ちゃん、城山君にもジュースを出してあげてね。
夕佳　（城山に）あら、お酒は飲まないんですか？
修造　飲まないんじゃなくて、飲めないんだって。一口でも飲んだら、髪の分け目まで真っ赤になって、その場で寝ちゃうらしいよ。
五木　修造、本格的に飲む前に、台本の直しの打ち合わせをしておこう。
修造　そうだった、そうだった。
城山　（五木に）あんなに飲んでたのに、大丈夫なんですか？
五木　平気平気。俺はもともと酒が強いし、修造は台本の話になるとすぐに酔いが醒めるんだ。
みちる　本当に？
修造　（キリッとして）みちるちゃん、せっかく覚えてもらったけど、少し科白が変わるかもしれないよ。
みちる　本当だ。

修造　(五木に) じゃ、俺たちは書斎へ行こうか。
冴子　あの、城山さん。
城山　何ですか？
冴子　今日は遅刻して、すみませんでした。それに、読み合わせでもいろいろご迷惑をかけちゃって、本当に反省しています。ほら、みちるもちゃんと謝りなさい。
城山　お母さんはこれからも稽古場にいらっしゃるんですか？
冴子　時間の許す限り、行きたいと思っています。
城山　申し訳ないんですが、遠慮していただけませんか。
冴子　え？
城山　お母さんのご心配はよくわかります。しかし、みちるさんはもうプロの役者なんです。たとえ経験がなくても、舞台に立ってお金をもらうからには、一人前の役者として扱うべきです。そのためには、みちるさんを一人にしてもらいたいんです。
冴子　それは、私が邪魔だってことですか？
城山　そうです。
夕佳　どうしてよ。
城山　僕は演出家です。舞台を作っていく上での、最終的な責任者なんです。それなのに、付き添いにいらっしゃる方は、僕の目が届かない所で、好きなことを言う。ここはこうやりなさいとか、この科白はこう言いなさいとか、勝手な演技指導をする。それは非常に困るんです。
夕佳　つまり、あなたは冴子がそういう余計なことをするって言うのね？

城山　その可能性はあるでしょう。自分の子供にいい演技をさせたいって思うのは、親として当然ですから。
夕佳　冗談じゃないわよ。冴子をその辺のステージママと一緒にしないで。
修造　夕佳ちゃん、落ち着いて。
夕佳　だって、悔しいじゃない。冴子は女優なのよ。舞台やテレビに何度も出てたのよ。それなのに、こんな言い方されるなんて。
城山　お母さんが役者だってことは知っています。大学時代、何度も舞台を見ました。だから、余計に心配なんです。おそらく、お母さんは、自分だったらどうやるか、考えるでしょう。そして、それをみちるさんにやらせようとするでしょう。それは演技指導でも何でもない。自分の果たせなかった夢を、みちるさんに押しつけているだけなんです。
夕佳　どうして冴子がそんなことしなくちゃいけないのよ。自分の夢ぐらい、自分で何とかするわよ。そうでしょう、冴子？
冴子　何とかしたいとは思ってるけど、なかなか仕事が見つからなくて。
五木　ちょっと待ってくれ。冴子さん、役者に復帰するの？
修造　実はそうなんだ。俺もこの前、聞いたばかりなんだけど。
五木　（冴子に）なぜもっと早く言ってくれなかったんだ。いくらでも相談に乗ったのに。
冴子　先にみちるが出るって決まっちゃったから、言い出せなくて。何かオーディションがあったら、知らせてください。どんなに小さい役でも構いません。
五木　わかった。俺の知り合いにも声をかけてみるよ。

夕佳　修ちゃんには「冴子を主役にして、脚本を書け」って言ったんだけどね。
修造　いくら夕佳ちゃんの命令でも、そう簡単には行かないんだ。
冴子　わかってる。私にもっと実力があれば、兄さんも胸を張って推薦できるのにね。
夕佳　冴子。
冴子　自分を卑下してるわけじゃないよ。でも、今の私は若くない新人なんだ。（城山に）さっき城山さんが仰ったことはもっともだと思います。娘はもう一人前の役者なんです。どんなに私が心配したって、舞台までついていくわけにはいかない。だったら、最初から一人でやらせた方がいいんです。
五木　でも、稽古場でアドバイスしてくれって言ったのは、俺だよ。
冴子　私には何もできません。
修造　そんなことはないと思うぞ。
冴子　でも、今日はとっても楽しかった。久しぶりに稽古場に行って、みんなが台本を読むのを聞いて、いろんなことを思い出した。稽古がうまく行かなくて、「どうしよう」って悩んだこと。初日の開演直前に、「誰か助けて」って叫びたくなったこと。それなのに、舞台に出ると、いやなことは全部忘れたこと。お客さんに拍手してもらって、生きててよかったって思ったこと。これからはもっと頑張って仕事を探さなくちゃ。
夕佳　じゃ、明日からはみちるちゃん一人で稽古場に行かせるつもり？
冴子　電車でたったの一時間だもの。（みちるに）大丈夫だよね？
みちる　でも。

城山　みちるさんはお母さんにも稽古場に来てほしいんですか？
みちる　ええ。城山さんの話って、初めて聞くことばかりだから、ちょっと難しいんです。でも、母がいてくれたら、すぐに質問できるから。
城山　（冴子に）だったら、これからも毎日来てください。みちるさんのために。五木さん、立原さん。そろそろ打ち合わせをしましょう。書斎はこっちですか？
修造　ええ、そうです。

城山が去る。

夕佳　どういう風の吹き回し？
修造　あれで謝ったつもりなんだよ、たぶん。
五木　演出家っていうのは大抵頑固だけど、あの男は桁外れだな。
夕佳　論理男なんてもんじゃないわ。屁理屈男よ。
修造　城山君が自分の劇団以外で演出するのは、今回が初めてなんだ。だから、多少気負ってるんだろう。
五木　しかし、あの男の才能は本物だ。『小さな貴婦人たち』は絶対にいい芝居になる。
修造　そのためには、脚本をもっと良くしないと。夕佳ちゃん、打ち合わせが終わるまで、先に飲んでて。

修造と五木が去る。

夕佳　言われなくても、飲むわよ。飲まなきゃ、腹の虫が治まらない。冴子、グラスを運んでくれる？

みちる　私も手伝う。

冴子・みちる・夕佳が去る。

5

十一月二日、昼。サンライズ劇場の稽古場。
早乙女が台本を持ってやってくる。椅子に座って、台本を読み始める。そこへ、野坂がホーキを持ってやってくる。

早乙女 稽古場に着いたら、まず掃除。なかなかいい心がけだ。しかし、掃除というのは、ただ漫然とやればいいってものじゃない。目的を持ってやることが大切だ。ちなみに、おまえの目的は何だ。
野坂 やっぱり、稽古場がキレイだと気持ちいいし。
早乙女 おまえは気持ち良くなりたいから、掃除をするのか？　そうじゃないだろう。たとえば、床に落ちていたトゲが、役者の足の裏に刺さったらどうする。
野坂 そうか。役者さんの怪我を防ぐために、掃除をするんですね？
早乙女 俺はトゲが刺さったらどうすると聞いたんだ。
野坂 とりあえず、謝ります。
早乙女 謝る前に、トゲを取れ。（カッターを出して）トゲを取るには、カッターが一番だ。（ライターを出して）もちろん、ライターで殺菌してから、使う。（ペンライトを出して）そして、ペンライトで照らしながら、慎重に抉り出す。（絆創膏を出して）最後に絆創膏を貼って、作業終了。これを三秒以内で終わらせて、「ごめんなさい」と謝るんだ。

野坂 そんな。三秒なんて絶対に無理です。

早乙女 なぜ無理だと決めつける。これを全部、おまえにやるから、後で練習しろ。俺の大切な七つ道具だ。（と差し出す）

野坂 （受け取って）四つしかありませんけど。

早乙女 （ガムテープを取り出して）五つ目はガムテープだ。衣裳が破れたら、とりあえず貼る。小道具が壊れたら、とりあえず貼る。足が折れたら、とりあえず貼る。今のは冗談だ。なぜすぐに突っ込まない。

野坂 （受け取って）すみません。頭が追いつかなくて。

早乙女 （メジャーを出して）六つ目はメジャーだ。右が寸で、左がセンチ。一寸が約三センチ。十寸が一尺で約三十センチ。それではここで問題だ。坂本龍馬の身長は五尺六寸だったと言われている。センチに直すと、何センチだ。

野坂 （受け取って）えーと、一尺が三十センチだから、五尺は——

早乙女 （ストップウォッチを出して）はい。三秒経ったから、失格だ。そして、これが最後の七つ目。プロのマラソンランナーも使っている、セイコー製のとっても精巧なストップウォッチだ。

野坂 （手を出して）ありがとうございます。

早乙女 これは高いから、やらない。おまえも舞台監督助手なら、ストップウォッチぐらい、自分で

野坂　買え。
早乙女　あの、僕は制作助手なんですけど。
野坂　制作助手？　舞台監督助手じゃないのか？　返せ。

早乙女と野坂が話している間に、冴子・みちる・多岐川・哲郎・晴子・しおり・真紀が台本を持ってやってくる。

多岐川　早乙女さん、おはよう。
早乙女　おはようございます。皆さん、お揃いのようですね。（全員に）はじめまして。舞台監督の早乙女誠司です。昨日は来られなくて、すみませんでした。
多岐川　他の公演の千秋楽だったんでしょう？　休日なしなんて、大変ね。
早乙女　五木さんに頼まれたら、いやとは言えません。
多岐川　（全員に）この人は、五木さんが一番頼りにしてる人なの。
晴子　（早乙女に）よろしくお願いします。私はメグ役の――
早乙女　和田晴子さんですね。身長一七二センチ、体重五二キロ、バスト――
晴子　やめて！　それ以上、言わないで！
哲郎　どうしてそんなことまで知ってるんですか？
早乙女　五木さんから、出演者全員のプロフィールを借りて、頭に入れたんです。

そこへ、城山が台本を持ってやってくる。

城山　皆さん、集まるのが早いですね。まだ五分あるけど、稽古を始めてもいいですか？

多岐川　いいんじゃない？　みんな、着替えは済んでるみたいだし。

冴子・みちる・役者たち・早乙女が椅子に座る。

城山　今日はもう一度、頭から読み合わせをしますが、その前にスピーチをやってもらいます。

哲郎　スピーチって？

城山　一人ずつ前に出て、話をするんです。今日のテーマは「私の家族」。

しおり　何のためにそんなことをするんですか？

城山　永井さんは「感情開放」という言葉を知っていますか？

しおり　さあ。どこかで聞いたような気もするけど。

晴子　私は養成所にいた時に習いました。意味はもう覚えてないけど。

城山　知らない人のために、一から説明しましょう。役者は演技をする時、いろんなことを考えます。この科白はこんなふうに言おうとか、こんな表情をしようとか。

しおり　そんなの、当たり前じゃないですか。

城山　しかし、現実の人間はいい演技をしようなんて思ってません。自分の気持ちを言葉にして、相手に伝えるだけ。つまり、一番大切なのは気持ちなんです。気持ちさえ本物なら、お客さんは信じてくれる。たとえ演技が下手でも、感動してくれるんです。

真紀　じゃ、演技が下手でもいいってことですか？

城山　うまいに越したことはありません。が、それが気持ちから生まれたものでなければ、何の意味もない。では、どうしたら、気持ちを本物にできるのか。いい演技をしようと思わないことです。共演者に対して、お客さんに対して、自分自身に対して、心を開くこと。それが、僕の考える感情解放です。

しおり　それとスピーチと、どういう関係があるんですか？

城山　台本ではあらかじめ、自分の科白が決まっています。が、スピーチでは、皆さん一人一人が科白を生み出さなければならない。カッコつける必要はありません。心に浮かんだ気持ちを、正直に言葉にしてください。そして、その時の心の動きを、科白を言う時にいかすんです。

多岐川　何だか難しい話になっちゃったけど、要するにおしゃべりすればいいんでしょう？　だったら、とりあえず、やってみましょうよ。

哲郎　賛成です。みんなの家族の話なら、僕も聞いてみたいし。

早乙女　（城山に）誰にやってもらいますか？

城山　トップバッターは三好さん。

哲郎　ゲッ、僕から？

城山　二番目が永井さん。三番目がみちるさん。今日はこの三人だけにしましょう。

晴子　もしかして、全員やるんですか？

城山　そうです。時間は一人三分。僕が止めるまで、なるべくたくさん話してください。

しおり　もう少し時間をもらえませんか?　いきなり言われても、何を話せばいいのか。
城山　何でもいいんです。話題に詰まったら、僕が質問しますから。
早乙女　三好君、どうぞ。

城山が椅子に座る。哲郎が前に出る。

哲郎　参ったな。(城山に)つまらなくても、怒らないでくださいよ。
城山　僕は漫談をやってくれと言ったんじゃない。話をしてくれと言ったんです。じゃ、行きますよ。はい。(と手を叩く)
哲郎　えー、トップバッターを仰せつかりました、三好哲郎です。僕には父と母と三人の姉がいます。父の仕事はタンカーに乗ること。一度出かけると、短い時で三カ月、長い時は一年も帰ってきません。だから、その間は女だらけということになります。
野坂　羨ましい。
哲郎　端から見たら、そうでしょう。でも、僕は死にそうでした。
城山　どうしてですか?
哲郎　うちの母は生け花の先生で、礼儀作法にうるさいんです。口答えすると、物差しでお尻を叩かれました。でも、姉たちはもっと凄い。
城山　どう凄いんですか?
哲郎　まず大姉ちゃんは、大姉ちゃんていうのは長女のことですが、大姉ちゃんは成績がいい。中

学高校と生徒会の副会長をやって、現役でお茶の水に行きました。中姉ちゃんはスポーツ万能。幅跳びでインターハイに行きました。小姉ちゃんはピアノがうまくて、今はウィーンに行ってます。

早乙女　ウケようと思って、話を膨らませてないか？

哲郎　膨らませてません。その上、母を含めた全員が、全く家事をやろうとしないんです。掃除も洗濯も料理も、すべて僕の担当でした。自分の体操服と間違えて、小姉ちゃんのブルマーを持っていったこともあります。恥ずかしかった。東京へ出てきてからは一人暮らしをしてるんですが、一人だととても気が楽です。淋しいなんて、これっぽっちも思いません。年末年始だって、本当は家へは帰りたくないんです。帰ると、一人で大掃除をやらされるから。

城山　はい。（と手を叩いて）ちょうど三分です。

哲郎　あー、ビビった。

多岐川　なかなか楽しかったわ。三好君のこともよくわかったし。

早乙女　次は永井さんですね。準備はいいですか？

哲郎が椅子に座る。しおりが前に出る。深呼吸をする。

城山　うまく話す必要はありません。普段の永井さんのままで話してください。はい。（と手を叩く）

しおり　私にとって、家族はすべてです。私がこうして女優をやっているのも、すべては家族のためです。特に、弟の。

城山　弟さんはおいくつですか?

しおり　私より五つ下です。小さい頃から体が弱くて、入院と退院を繰り返してきました。父も母も、弟の面倒を見ることで精一杯でした。だから、私はずっと一人でした。人見知りが激しかったので、友達もできませんでした。一人で本を読んだり、絵を描いたりする、無口な子供だったんです。

真紀　そんな人がどうして芝居を?

しおり　確か、高校一年の夏休みだったと思います。両親が買い物か何かで出かけていて、私は弟と二人でテレビを見ていました。その時、弟がポツリと言ったんです。「お父さんもお母さんも、本当はお姉ちゃんと話をしたがってると思うよ」って。

真紀　いい弟さんですね。

しおり　それから、こうも言いました。「僕はこんな体だから、将来のことなんて考えられない。でも、お姉ちゃんは何にでもなれるんだよ」。そう言われて、私は思ったんです。弟に喜んでもらえる仕事をしようって。弟は外へは一歩も出られない。家でも病院でもテレビを見てる。それなら、私は女優になろう。カメラを通して、自分が頑張ってる姿を弟に見てもらおうって。

城山　はい。(と手を叩いて)結構です。ありがとうございました。

真紀　(しおりに)とってもおもしろかったです。ていうか、感動しました。

早乙女　最後はみちるさんです。前へどうぞ。

しおりが椅子に座る。みちるが前に出る。

みちる　私はクリスマスの話をしたいと思います。

城山　僕が手を叩いてから始めてください。はい。(と手を叩く)

みちる　クリスマスと言えば、サンタクロースがつきものです。サンタはトナカイの橇に乗って、世界中の子供たちにプレゼントを配ると言われています。でも、それはただの作り話です。一七〇〇年前のトルコにいた、聖ニコラスという人をモデルにした、架空の人物なんです。

晴子　今は歴史の授業じゃないのよ。家族について話さなくちゃ。

みちる　私にその話をしてくれたのは、父でした。幼稚園に入った年だから、私が五歳の時です。私は今でも父に感謝しています。本当のことを知ったおかげで、枕元に靴下を吊るすとか、サンタに手紙を書くとか、そんなバカバカしいことをしなくて済んだから。でも、母は怒りました。「子供に向かって、なんてこと言うの」って。

多岐川　どうしてお母さんは怒ったのかしら?

みちる　たぶん、こっそりプレゼントを用意して、私を驚かすつもりだったんです。母はそういうイベントが好きで、父はあまり興味がありませんでした。

冴子　それだけじゃないわよ。

みちる　じゃ、プレゼントを餌にして、言うことを聞かせたかったの?

冴子　それも違う。

みちる　じゃ、どうして?

冴子　子供にはサンタが必要なのよ。サンタを信じるってことは、目には見えないものや、できるかどうかわからないことを信じるってことでしょう？
みちる　存在しないものを信じて、何になるのよ。
冴子　大切なのは、存在するかどうかじゃない。信じるって気持ちなの。たとえ今はできないことでも、いつかはできるようになるかもしれない。そうやって、未来を信じる気持ちがあれば、どんなことでも乗り越えられる。それをみちるにわかってほしかったの。
城山　はい。（と手を叩いて）そこまでにしましょう。
冴子　すみません。私がしゃべっても意味がないのに。
城山　みちるさんにはまた次の機会にやってもらいます。
冴子　ごめんね、みちる。
みちる　別にいいよ。

みちるが椅子に座る。城山が前に出る。

城山　（全員に）三人とも、初めてにしてはなかなか良かったと思います。今の心の動きを、科白を言う時も忘れないでください。じゃ、スピーチはここまでにして、読み合わせを始めましょう。今日は途中で止めずにやりますから、トイレに行きたい人は今のうちにどうぞ。
早乙女　じゃ、五分休憩ってことにしましょう。用意、スタート。（とストップウォッチを押す）
城山　あれ、誰も行かないんですか？　僕は行きますよ。

早乙女　結局、あなたが行きたかったんですか。

城山が去る。

真紀　しおりさん、一つ聞いてもいいですか？
しおり　何？
真紀　しおりさんの弟さんて、今でも入院していらっしゃるんですか？
しおり　イヤだ、本気にしたの？　私は一人っ子よ。弟も妹もいないわ。
真紀　それじゃ、今の話は？

6

晴子が日誌を読む。

晴子　十一月二日。最初に断っておきますが、私は日記を書いたことがありません。夏休みの宿題の絵日記も、絵は父に、日記は母に書いてもらってました。しまった。この話はスピーチに取っておけば良かった。消したいけど、ボールペンで書いちゃったから、消せない。私はどうしてこんなことまで書いてるんだろう。ま、いっか。というわけで、今日はスピーチをやりました。明日もスピーチ、明後日はゲームをやるそうです。

役者たちが輪になって、タオルを丸めている。そこへ、五木がやってくる。

五木　(早乙女に) 一体、何が始まるんだ?
早乙女　タオルパスって名前のゲームですよ。目的は意識の分散だそうです。
五木　意識の分散?
城山　(全員に) 皆さん、準備はいいですか?　最初はできるだけゆっくりやりましょう。じゃ、始めてください。

多岐川 行くわよ、せえの。

役者たちが右隣にタオルを投げ、左隣から飛んできたタオルを取る。何人かが落とす。

五木 (冴子に)よくわからないな。これが何の役に立つんだ?

冴子 みんなで息を合わせて、隣の人が取りやすいようにタオルを投げる。と同時に、反対側から飛んでくるタオルを取る。要するに、一度にたくさんのことを考える練習らしいですよ。

真紀 和田さん、もうちょっと優しく投げてもらえませんか?

晴子 あら、私の投げ方、取りにくい? 真紀ちゃんが取るのが遅いんじゃないの?

真紀 私の反射神経が鈍いって言いたいんですか?

晴子 そんなこと、一言も言ってないよ。

真紀 (しおりに)言いましたよね?

しおり どっちでもいいから、もう一回やろう。こんなの、すぐにできるわよ。

早乙女 鼻の穴が膨らんでる。相当、負けず嫌いらしいな。

五木 (役者たちに)皆さん、頑張ってください。

多岐川 行くわよ、せえの。

役者たちが右隣にタオルを投げ、左隣から飛んできたタオルを取る。何人かが落とす。五木が去る。みちるが日誌を読む。

みちる　十一月五日。今日からやっと立ち稽古が始まりました。と思ったら、最初のシーンを一回やったところで、城山さんが言ったんです。

城山　このシーンの前の日を、エチュードでやりましょう。

みちる　私はエチュードなんて言葉、初耳でした。ママにこっそり聞いてみたら。

冴子　即興演技のことよ。設定だけ決めて、役者が自由に演技するの。

城山　何を言うか、何をするかは自分で考えるんです。

しおり　（城山に）どうして役者が科白を考えなくちゃいけないんですか？

城山　登場人物の性格を掘り下げるためです。こんな時、自分の役は何を言うだろう。何をするだろう。そうやって、いろいろ想像することで、登場人物の新しい面を発見するんです。

みちる　つまり、私が頭を使えば使うほど、エイミーって役がおもしろくなるわけです。

冴子・城山・早乙女が椅子に座る。みちる・役者たちが前に出る。

城山　ミセス・マーチが、プレゼントを廃止しようと提案する。姉妹たちは戸惑うが、みんなで話し合ううちに納得する。設定はこれぐらいでいいですか？　じゃ、最初はミセス・マーチからお願いします。はい。（と手を叩く）

多岐川　明日はクリスマスイブね、メグ。

晴子　そうよ、お母様。
多岐川　この冬は、誰にとっても辛い冬です。戦争に行かれた方たちが苦しんでいらっしゃるのに、私たちばかりが無駄遣いするわけには行きません。そこで、提案があります。今年のクリスマスはプレゼントを廃止しましょう。
四人　賛成。
早乙女　城山さん、終わっちゃいました。
城山　（役者たちに）そんなにすぐに納得しないでください。もう一度始めからやりましょう。

真紀が日誌を読む。

真紀　十一月十日。私は今、とっても不安です。稽古が始まってから十日も経つのに、台本をやったのはほんの少し。自慢じゃないけど、私は科白覚えが凄く悪いんです。こんな調子で、初日に間に合うんでしょうか。明日は、永井さんがテレビの撮影でお休みだそうです。とっても淋しいです。

そこへ、五木がやってくる。

五木　城山君、今日は誰かに永井さんの代役をやってもらえるかな？
早乙女　（城山に）このシーンに出ないのは、多岐川さんだけですけど。

城山　でも、次のシーンに出ますよ。二シーン連続だと、大変なんじゃないかな。

多岐川　人を年寄り扱いしないでよ。こう見えても、まだ若いのよ。

早乙女　そうだ。みちるさんのお母さんがいるじゃないですか。

冴子　え？

早乙女　ずっと見てるだけじゃ退屈でしょう。（城山に）彼女なら経験もあるし、みんなにとっても、いい刺激になりますよ。

多岐川　私も久しぶりに冴子さんのお芝居が見てみたいわ。

冴子　でも、私なんんか。

五木　台本を読むだけでいいんだよ。（城山に）そうだろう？

城山　（冴子に）お願いできますか？

冴子　わかりました。やらせていただきます。

城山・五木・早乙女が椅子に座る。冴子・みちる・役者たちが台本を持って、前に出る。哲郎は椅子の陰に隠れる。

城山　じゃ、三十七ページの頭から行きましょう。最初はジョーの科白です。はい。（と手を叩く）

冴子　「ジョーがみんなで作った新聞を読み上げる」

早乙女　お母さん、それはト書きです。

冴子　すみません。間違えました。

城山　続けてください。
冴子「伝言板。メグへ。石鹸が減るのが早いのは、あなたがバカ丁寧に手を洗うせいよ。ジョーへ。表を歩く時は、口笛を吹かないでください。ベスへ。ナプキンを忘れないでね。エイミーが学校で必要なの。エイミーへ。自分の服がお下がりだからって、くよくよするな」
真紀（拍手して）「今週も無事に出来上がったわね」
冴子「さて、編集クラブの皆さん。私はここで新しい会員を推薦します。彼は私たちの仲間にふさわしい人物です。ねえ、入れてやろうよ」
みちる「お隣のローリーね？　私は反対。だって、これは女の子だけのクラブなのよ。男の子はうるさいし、下品だから、イヤ」
真紀「私は賛成。あの人は下品じゃない。とっても優しい人よ」
晴子「私は反対。私たちの新聞をからかわれるのはイヤ」
冴子「ローリーはそんなことしないって。考えてもみてよ。彼はあの広いお屋敷で、いつも一人ぼっちなのよ。私たちが彼にしてあげられることなんて、これぐらいしかないじゃない」
真紀「そうです。入れてあげるべきだと思います」
晴子「わかったわよ」
みちる「しょうがないわね」
冴子「では、早速、新しい会員を紹介します」
哲郎（椅子の後ろから飛び出して）「エイヤー！　こんにちは、皆さん！」
みちる「ひどい！　全部そこで聞いてたのね？」

みちる・晴子・真紀が哲郎に襲いかかる。

哲郎　痛い痛い痛い。城山さん、誰かが本気で叩きました。

城山　続けてください。

哲郎　「これは全部、私が計画したことです。ジョーには手伝ってもらっただけなんです。入会を許していただいたお礼に、私はポストを寄付したいと思います。我が家と皆さんのお家の間に置いて、手紙やプレゼントを交換し合うんです」

城山　はい。（と手を叩いて）そこで止めます。三好さん、今の登場は？

哲郎　昨日、城山さんに、「元気に登場しろ」と言われたんで、工夫してみたんですが。

城山　今のはローリーというより、ギンガマンです。考え直してください。

哲郎　はい。

城山　和田さんは科白と動きにこだわりすぎです。もっと相手に話しかけてください。安西さんは大分柔らかくなってきました。その調子で行きましょう。みちるさんはまだ末っ子に見えません。何度も言うようですが、お姉さんはお姉さんで、友達じゃないんです。

みちる　そう思ってやってみたんですけど。

城山　科白の言い方だけ変えても、ダメなんです。お姉さんは友達よりもずっと近い存在です。和田さんも安西さんも、あなたに少しずつ近寄ろうとしています。後はあなたが近寄るだけなんです。わかりましたか？

みちる　（小声で）今に見てろよ。

哲郎が日誌を読む。

哲郎　十一月十五日。早いもので、稽古も後半戦に入りました。これからどんどん寒くなりますから、風邪なんか引かないように気をつけましょう。風邪の予防にはビタミンCが一番です。ビタミンCといえばミカン。ミカンを炬燵で食べると、まるでお正月みたいですね。おっと、話が逸れました。稽古といえば、ゲーム。ゲームもかなりうまくなってきましたよね。

役者たち・野坂・早乙女がタオルパスを始める。誰も失敗しない。

五木　（冴子に）へえー、あんなに下手だったのが、嘘みたいだな。
冴子　ええ。この練習もそろそろ終わりかもしれません。
城山　（役者たちに）はい、結構です。今度は、タオルが一周したところで、反対周りにしてみてください。
晴子　反対周り？
多岐川　ここまで来たら、やるしかないわ。行くわよ。せえの。

役者たち・野坂・早乙女がタオルパスを始める。一周したところで、反対側に投げる。何人かが落とす。

しおり　悔しい。もう一回やろう。
早乙女　五木さんもやりませんか？
五木　俺はいいよ。そう言えば、なぜ早乙女君や野坂までやってるんだ？
野坂　早乙女さんが「一緒にやってみたいけど、一人じゃ恥ずかしい」って言うから。
早乙女　よくもバラしたな。後で覚えてろよ。
五木　皆さん、舞台監督や制作助手に負けないでくださいよ。
しおり　行くわよ。せえの。

役者たち・野坂・早乙女がタオルパスを始める。一周したところで、反対側に投げる。何人かが落とす。しおりが日誌を読む。その間に、冴子・みちる・五木以外の全員が去る。

しおり　十一月二十日。今日も稽古に行けませんでした。本当は夕方から行く予定だったのに、ドラマの撮影が夜中まで延びてしまったんです。家に帰ってきて、この日誌を書き始めたのが、午前三時。明日も九時から撮影です。睡眠時間が減るのは辛いけど、テレビの現場は楽しいです。スピーチもゲームもエチュードもやらないから、自分の役だけに集中できる。どうしてお芝居だと、他のことをやらなくちゃいけないいんでしょう。私にはわかりません。

しおりが去る。反対側から、夕佳と修造がやってくる。修造はコップを二つ持ってきて、冴子とみちるに渡す。

修造　お疲れ様。

みちる　本当に疲れた。城山さん、私ばっかり目の敵にするんだもの。

冴子　そんなことないわよ。多岐川さんも永井さんも、同じように厳しく言われてるじゃない。

夕佳　へえ、あの永井しおりがビシビシやられてるんだ。彼女、テレビだと気が強そうに見えるけど、実際はどんな人？

みちる　もっと気が強い。

夕佳　そうなの。修ちゃん、うちには絶対に連れてこないでね。

みちる　夕佳ちゃん、兄弟はいたっけ？

夕佳　いないよ。あなたと同じ一人っ子。

みちる　そうか。五木さんは？

五木　弟が二人に妹が三人いるけど、それがどうかしたかい？

みちる　じゃ、ママに聞くしかないのか。ママ、修ちゃんのことは好き？

修造　本人の前で、なんてこと聞くんだ。

みちる　だって、妹の気持ちがわからないんだもん。答えてよ、ママ。

冴子　好きか嫌いかって聞かれたら、好きよ。

修造　傷つくな。何もそんな言い方をしなくても。

冴子　改めて聞かれると困るんだ。兄さんは兄さんで、いるのが当たり前だから。

修造　ますます傷ついた。おまえは俺のおっぱいで大きくなったのに。
五木　出るわけないだろう。
冴子　（みちるに）小さい頃はいっぱい喧嘩したよ。「兄さんなんか、死んじゃえばいいのに」って思ったこともある。
修造　そうだったのか。
冴子　でも、大人になってからは違う。お父さんやお母さんには言えないことだって相談できるし、兄さんの妹でよかったと思ってる。
修造　役者に復帰することは黙ってたじゃないか。
冴子　それは別よ。誰にも相談しないで決めたかったの。だから、夕佳にも言わなかった。
夕佳　そう言えば、何か仕事は見つかったの？
冴子　今のところはまだ。来週、五木さんが紹介してくれた人に会いに行く予定だけど。
夕佳　そうか。まあ、焦っても仕方ないしね。
みちる　ねえ、ママ。修ちゃんは夕佳ちゃんとどう違うの？
冴子　夕佳より近い時もあるし、遠い時もある。
みちる　そうなの？　城山さんは「姉妹は友達より近い」って言ってたのに。
修造　いつも近くにいるから、時々、いることを忘れてしまうんだ。たとえて言うなら、腕時計さ。ちゃんとしてても、壁に時計がかかってると、ついそっちを見ちゃうだろう？
みちる　私はいつも腕時計を見るよ。
修造　そう言われちゃうと、身も蓋もないんだ。

みちる　あーあ。誰かがわかりやすく本に書いてくれればいいのに。
冴子　それじゃ、ダメなの。みちるが自分で考えなくちゃ。
みちる　でも、難しいんだよね。城山さんは「和田さんや安西さんに近寄れ」って言うけど、あの人たちのことは何も知らないし。
夕佳　だったら、私たちと練習したら？　私たちのことはよく知ってるんだから。
修造　それはいい。夕佳ちゃん、書斎に台本があるから、人数分取ってきて。
夕佳　オーケイ。

夕佳が去る。

五木　でも、みちるちゃん以外の役はどうする？
修造　冴子がジョー。夕佳ちゃんがミセス・マーチ。俺とおまえがメグとベスをやれば、大抵のシーンはできる。
五木　よし、俺はメグをやる。メグは美人だからな。
修造　勝手にしろ。

夕佳が台本を四冊持ってきて、冴子・修造・五木に一冊ずつ渡す。

修造　夕佳ちゃんはミセス・マーチね。六十五ページ。エイミーがジョーと喧嘩するシーンをやろう。

みちる　ここで苦労してるんだ。

冴子　私の科白からね？「エイミー、私の小説、知らない？」

みちる　「知らないわ」

冴子　「あの小説は、私が三年もかかって書き上げたのよ。勝手に持ち出したりしたら、絶対に許さないから」

みちる　「私は知らないって言ってるでしょう？」

修造　みちるちゃん、もっと怒るんだ。エイミーとして怒るんじゃなくて、みちるちゃん自身が本当に怒るんだ。冴子、さっきの科白から返そう。今度はみちるちゃんの手をつかんでみて。わかった。「エイミー、私の小説、知らない？」

冴子

みちる　「知らないわ」

冴子　「あの小説は、私が三年もかかって書き上げたのよ。勝手に持ち出したりしたら、絶対に許さないから」（とみちるの手をつかむ）

みちる　「私は知らないって言ってるでしょう？」（と冴子の手を振り払う）

冴子　「嘘よ。あんたが隠したのよ。私がお芝居に連れていってあげなかったから、その腹いせに」

修造　「そこへ、メグとベスが飛び込んでくる」

五木　「ジョー！　あんたの小説が暖炉で燃えてるわ！」

修造　「急いで取り出そうとしたんだけど、間に合わなかった」

冴子　「エイミー、あんたまさか」

みちる　「そうよ、私が焼いたのよ。いい気味だわ、ジョー。私を無視すると、こういう目に遇うん

修造　だから」
その調子。「ジョーとエイミーが取っ組み合いの喧嘩を始める。メグとベスはオロオロするばかり」

五木　オロオロ、オロオロ。

冴子　夕佳、あんたの科白よ。

夕佳　ごめんごめん。五木さんの演技がおかしくて、つい見とれちゃった。

五木　冴子さん、今、台本を見てなかったよね？　ひょっとして、全部、頭に入ってるの？

冴子　ええ。毎日稽古を見てるし、永井さんの代役もやったし。

修造　よし、最初からもう一度やり直そう。その前に、トイレに行ってくる。

全員が去る。

7

早乙女が日誌を読む。

早乙女　十一月二十三日。稽古もいよいよ仕上げの段階に入った。それにしても、なぜ俺まで日誌を書かなくてはいけないのか。確かに、俺は日誌を読みたいと言った。それは、みんながどんなことを書いているのか、興味があったからだ。それなのに、城山さんは「読みたかったら書いてください」と涼しい顔で言った。そう言われて、素直に書く俺も俺だ。さて、今日でやっと最後のシーンまで動きがついた。明日は初めての通し稽古。どんな芝居になるか、楽しみだ。

そこへ、みちる・城山・哲郎・晴子・しおり・真紀がやってくる。

城山　早乙女さん、多岐川さんはどうしました？

早乙女　念のために病院に行ってもらいました。五木さんと修造さんが付き添ってます。たぶん捻挫だとは思うんですが、ちょっと腫れていたので。

真紀　すみません。私のせいなんです。
早乙女　最初のシーンが終わって、退場する時でしたよね？　何がどうなったんですか？
真紀　私が自分のスカートの裾を踏んで、転びそうになったんです。思わず、前にいた多岐川さんにつかまって、一緒に転んだんです。
城山　（早乙女に）それで、多岐川さんの足の上に、真紀さんが倒れたんだそうです。
晴子　もしかして、骨が折れてたりして。
哲郎　そんなわけないよ。ちゃんと最後まで立って演技してたじゃないか。
真紀　ごめんなさい。（と泣き出す）
しおり　泣くことなんかないわよ。わざとやったわけじゃないんだから。
早乙女　城山さん、ただ待っていてもしょうがないから、ダメ出しを始めましょう。
しおり　真紀ちゃん、しっかりして。
真紀　はい。

みちる・役者たち・早乙女が椅子に座る。

城山　（全員に）科白についてのダメ出しはしません。それは明日からの稽古で直していきます。今日はそれぞれのキャラクターについて、これからの課題を言うだけにします。まずはメグ。演技が大きいのはいいことだと思います。が、大きくやろうとするあまりに、感情表現までが大雑把になっていました。

晴子　大雑把っていうのは？

城山　他の登場人物に対する気持ちが、好きか嫌いかのどっちかに見えました。たとえば、ジョーに話しかける時と、ベスに話しかける時で、態度が違い過ぎると思います。

晴子　私には弟と妹がいるんですけど、妹は好きで、弟は嫌いです。姉妹にも好き嫌いはあると思います。

城山　確かにメグも、ジョーよりベスの方が好きです。が、姉妹というのは、相手のいろんな面を知っています。その中には、好きな面をあれば、嫌いな面もある。それを、ベスに比べたら嫌い、というふうにまとめてしまうと、メグという人物が薄っぺらになってしまう。つまり

―

早乙女　つまり、もっとキャラクターを掘り下げろということですね？

城山　そうです。ジョーとの関係だけでなく、他の登場人物との関係も、もっと考えてみてください。

晴子　わかりました。家に帰って、もう一度、台本を読んでみます。

城山　次はジョー。キャラクターの捉え方はいいんですが、演技自体がこじんまりしていました。たとえば、もっと手を使ったらどうでしょう。ジョーは活発な子だから、感情が高ぶると、ジッとしていられないはずです。しゃべる時に両手を振り回すとか、机を叩くとか、いろいろ工夫してみてください。

しおり　せっかく覚えた動きを変えろって言うんですか？

城山　無理にとは言いません。が、変えたくなったら、変えていいんです。芝居は生き物ですから、変わって当然なんです。

しおり　でも、それだと、いつまで経っても、芝居が固まらないじゃないですか。
城山　舞台っていうのは、決められた演技の発表会じゃない。大切なのは、あなたの演じるジョーが生きているかどうかなんです。もちろん、芝居はある程度固めた方がいい。が、役者が決まった演技をなぞるようになったら、その芝居はすぐに腐り始めるんです。つまり――
早乙女　つまり、常に新しい演技を探し続けろってことですね？
城山　その通りです。本番中でも、変えた方がいいと思う所が出てきたら、変えるつもりです。
しおり　まさか、本番中も稽古をするつもりですか？
城山　必要があれば、やります。台本の練習だけじゃなくて、エチュードもやるかもしれません。
しおり　そんなの聞いてません。私、昼間は映画の撮影が入ってるんです。
早乙女　まあまあ。やる可能性もあるってことですよ。毎日、何時間もやるわけじゃない。そうでしょう、城山さん？
城山　ええ。
しおり　でも、おかしくないですか？　もうこれ以上良くしようがない。それぐらいまでいい舞台にして、初日を迎えるべきじゃないんですか？
城山　もちろん、僕もそのつもりです。が、舞台のゴールは初日ではない。千秋楽まで、もっと良くしようという気持ちを持ち続けてほしいんです。
しおり　二言目には気持ちって言いますよね？　でも、今の私たちがどんな気持ちになっているか、城山さんにはわかってるんですか？
早乙女　永井さん。

しおり　私たちは不安なんです。そうでしょう、真紀ちゃん？
真紀　私は――（とうつむく）
しおり　正直に言ってよ。舞台に立って、恥ずかしい思いをするのは私たちなのよ。
晴子　不安です、物凄く。
早乙女　おいおい。
晴子　スピーチもゲームもエチュードも、それなりに楽しかったです。でも、それを自分の演技にどういかせばいいのか、私にはわかりませんでした。
哲郎　僕はスピーチの時に感じたことを、科白の時にいかしてるよ。今までは科白に気持ちを込めようとしてたけど、順序が逆だって気づいたんだ。気持ちを感じて、それを相手に伝えようと思うから、科白を言うんだって。
真紀　頭ではわかるんです。でも、気持ち気持ちって考えてると、次の科白が出てこなくなる。私はもっと台本の稽古がしたかったです。そうすれば、今日の通し稽古だって、もっとマシになったと思うんです。
早乙女　確かにボロボロだったな。一回目とは言え、こんなにひどい通しは今まで見たことがない。
真紀　私は私なりに必死だったんですけど。
早乙女　すまない。俺は嘘がつけない性格なんだ。
晴子　仕方ないですよ。実際、ひどかったんですから。
しおり　悪いのは私たちだけじゃないわ。稽古の進め方にも問題があるのよ。
哲郎　僕はそうは思わないな。でも、みんなが不安に思ってるなら、明日からは台本の稽古だけやってもらえばいいんじゃないか？

真紀　そうしてほしいです。

晴子　私も。

早乙女　どうしますか、城山さん。

城山　皆さんの意見はよくわかりました。しかし、芝居にはいろんな作り方がある。僕は台本の練習と同じぐらいに、スピーチやゲームやエチュードが大切だと思っています。

しおり　私は台本の稽古の方が大切だと思います。私だけじゃなく、みんながそう思ってるんです。それでも台本以外の稽古をやるなら、私はもう参加したくありません。

城山　それはどういう意味ですか？

そこへ、野坂が飛び出す。メモを持っている。

野坂　城山さん、大変です！　今、五木さんから電話があって——

早乙女　病院からか？　何があったんだ。

野坂　多岐川さん、捻挫じゃなかったんです。足の甲にヒビが入ってたんです。

哲郎　本当ですか？

晴子　やっぱり。転んだ時から、かなり痛そうだったもの。通しの真っ最中だったから、我慢してたのよ。

早乙女　（野坂に）じゃ、舞台は。

野坂　お医者さんの話だと、普通に歩けるようになるまで、一カ月はかかるって。
真紀　そんな。（と泣き出す）
早乙女　（城山に）俺、病院に行ってきます。
城山　いや、僕が行きます。皆さん、今の話の続きは、明日、必ずやります。今日の日誌の当番は誰ですか？
哲郎　僕です。
城山　今日は全員が書いてきてください。僕に言いたいことを、気が済むまで書くんです。
哲郎　わかりました。
城山　稽古が始まった十一月一日に、この舞台の幕は開いたんです。たとえ何があっても、一度開いた幕を下ろしてはいけない。それだけは忘れないでください。
早乙女　野坂、何ボーッとしてる。タクシーを呼ぶんだ。
野坂　任せてください！

城山と野坂が去る。早乙女が哲郎から日誌を受け取り、人数分のページを取り出す。

晴子　どうなるんですか、早乙女さん。多岐川さんが出られなかったら、公演中止ですか？
早乙女　城山さんが言ったことを聞いてなかったんですか？　何があっても、舞台は続けるんです。（全員に）どうか、そのつもりで書いてください。

早乙女が役者たちに紙を配る。一人ずつ日誌を読む。

哲郎 十一月二十四日。今日の通し稽古は最低の出来でした。でも、時間はまだたっぷりあります。僕は諦めが悪いので、最後まで戦うつもりです。

真紀 私のせいで、多岐川さんが怪我をしました。だから、私には何も言う資格がありません。明日からは死に物狂いで稽古します。だから、公演中止にだけはしないでください。

晴子 こんなに辛い稽古は生まれて初めてです。でも、本番までの辛抱だと思って、ひたすら我慢してきました。このまま公演中止になったら、我慢してきた私がかわいそうです。何が何でも、初日の幕を開けたいです。

しおり 中途半端なものを見せるぐらいなら、公演中止にした方がいいと思います。私は胸を張って、舞台に立ちたい。ただそれだけなんです。

みちる お芝居っておもしろい。いい年をした大人が、子供みたいに笑ったり、泣いたり、喧嘩したり。でも、みんな、おもしろい芝居にしたいと思ってる。このまま終わりにしちゃうのは、もったいないと思います。

全員が去る。

8

十一月二十四日、夜。修造の家のリビング。
冴子と夕佳がやってくる。

夕佳　みちるちゃんも修ちゃんもまだ帰ってきてないんだ。稽古は二時間も前に終わってるはずなのに。
冴子　そうなんだ。通しの出来が悪くて、城山さんに怒られてるのかな。
夕佳　で、今日はどうだったの？　役はもらえた？
冴子　うん。（とバッグから台本を出して）これが台本。
夕佳　見せて見せて。（と台本を取る）
冴子　来年の一月から始まる、お昼のドラマ。私の役は、ヒロインが勤めてる旅行会社の同僚だって。
夕佳　てことはレギュラーね？
冴子　まさか。私が出るのは、最初の週だけ。出番は三回で、科白は二つ。
夕佳　それだけ？
冴子　そんなにガッカリした顔しないでよ。確かにあんまり大きな役じゃないけど、二カ月近くも

夕佳　走り回って、やっと手に入れたのよ。
冴子　引退する前は、もっと大きな役をやってたのに。
夕佳　今の私にそんな贅沢は言えないの。この役だって、五木さんが紹介してくれたから、もらえたのよ。
夕佳　まあ、これが復帰第一作だもんね。肩慣らしにはちょうどいいか。

そこへ、みちる・修造・五木がやってくる。修造は紙袋を持っている。

修造　夕佳ちゃん、ただいま。
五木　お邪魔します。
夕佳　いらっしゃい。今日は飲んでこなかったのね？
修造　飲んでる場合じゃなかったんだ。
冴子　どうしたの、深刻な顔しちゃって。
みちる　ママ、あのね。
修造　ダメだよ、みちるちゃん。五木が話すって言っただろう？
夕佳　何よ。何かあったの？
五木　冴子さん、俺の話を聞いてもらえるかな。
冴子　何ですか、一体。
五木　手短に説明する。今日、通し稽古の最中に多岐川さんが怪我をした。

冴子　え？
五木　足の甲にヒビが入っただけだから、そんなに大した怪我じゃない。が、最低一カ月は、杖がないと歩けないそうだ。当然、『小さな貴婦人たち』には出られない。俺たちは早急に多岐川さんの代役を探さなければならない。
夕佳　それって、ひょっとして。
みちる　ママにやってほしいんだって。ママ、一緒に舞台に出られるんだよ。
修造　もう、黙ってろって言ったのに。
五木　そういうことなんだ、冴子さん。どうか、出演してもらえないだろうか。
冴子　でも、今日、五木さんが紹介してくれた人に会ってきたんです。その人が、一月から始まるお昼のドラマに出てくれって。
五木　撮りはいつだ。
冴子　二週間後。十二月の第一週だって。
五木　悪いけど、断ってほしい。もちろん、俺も一緒に行って謝るから。
冴子　でも、今日引き受けて、明日断るなんて。
五木　急な話で、本当に申し訳ない。が、君にもわかる通り、時間がないんだ。俺を助けると思って、引き受けてほしい。
冴子　私には無理です。
五木　冴子さん。
冴子　私なんかに、多岐川さんの代役がつとまるわけありません。ミセス・マーチは、『小さな貴婦人たち』の中で一番難しい役です。母親としての優しさとか、温かさとか、包容力とか、そういう深みが出せないと、お芝居全体が軽いものになります。私なんかにできるわけないんです。

五木　俺はそうは思わない。冴子さんはほとんど毎日、稽古場に来ていた。多岐川さんの演技をずっと見ていたじゃないか。

冴子　見ていたからわかるんです。私には無理だって。

五木　しかし、科白は全部、頭に入ってる。多岐川さんの役じゃないけど、代役も何度もやった。これ以上の適任が他にいると思うかい？

冴子　思います。私よりいい役者さんが、いくらでも。

五木　いい役者が必要なんじゃない。冴子さんが必要なんです。

冴子　ありがとうございます。でも、なんて言われてもできません。

みちる　わかんないな。どうして？

冴子　どうしてもよ。

みちる　もしかして、私や修ちゃんが頼んだと思ってるの？　ママにやらせてくれって。

修造　冗談じゃない。最初に言い出したのは、五木だ。

みちる　（冴子に）聞いたでしょう？　私も修ちゃんも何も言わなかった。どっちかっていうと、反対したのよ。一週間じゃ無理だって。

修造　それは言わなくてもいいんじゃないかな。

みちる　（冴子に）それなのに、五木さんはママにやってほしいって言い張ったの。五木さんだけじゃ

夕佳　ないよ、城山さんだって。

修造　あの論理男が？　反対するかと思ったら、すぐに賛成した。「ジョーは年齢的に無理があったけど、ミセス・マーチなら何とかなるだろう」って。

夕佳　「何とかなるだろう」？　どうしてそういう言い方しかできないのかな。

修造　城山君にしたら、かなり褒めてる方だよ。

夕佳　そういう修ちゃんはどうなのよ。冴子にやってほしいの？

修造　俺は身内だからな。五木や城山君の言うこともわかるけど、冴子が尻込みする気持ちもわかる。

夕佳　で、結局、どっちなのよ。男なら、ビシッと意見を言いなさいよ。

修造　（冴子に）冴子がやりたいと思うなら、やってほしい。

夕佳　（冴子に）やりなさい。

修造　夕佳ちゃん。

夕佳　（冴子に）何をビクビクしてるのよ。ダメでもともとじゃないの。

冴子　無責任なこと、言わないでよ。私が失敗したら、お芝居全体に迷惑がかかるのよ。

夕佳　どうしてやる前から失敗するって決めつけるのよ。

冴子　やらなくてもわかるからよ。私なんか全然うまくないし、ちっとも美人じゃなし、こんな役者にミセス・マーチをやらせようなんて、私だったら絶対に思わない。

夕佳　イライラするな。そのあんたにやらせようって言ってる人が、今、目の前にいるじゃない。

冴子　でも、初日まであと一週間もないんだよ。

五木　それは心配しなくていい。城山君が「絶対に初日に間に合わせる」って断言したから。俺はその言葉を信じる。かなりきつい稽古になるだろうが、冴子さんならきっと耐えられる。

冴子　でも。

夕佳　六年も休んだとか、大した役をやってないとか、いちいち過去にこだわっても仕方ないでしょう？

冴子　でも、事実は事実じゃない。

夕佳　だから、何よ。できるかできないか考えてたら、結局、何もできないの。要はやるかやらないかなのよ。やればできるっていうのは、嘘じゃない。私を見なさいよ。子供の頃から喘息持ちで、月に一度は発作を起こしてた。みちるちゃんぐらいの時に、救急車で病院に運ばれたこともある。でも、元気になりたかったから、毎日必死でジョギングをした。二十年後に自分がジムで働いてるなんて、あの頃は思ってもいなかったよ。

五木　そんな話は初めて聞いたな。

夕佳　私は過去を振り返らない女だからね。

みちる　思いっきり振り返ってるじゃない。

夕佳　冴子がグズグズしてるからよ。（冴子に）もう一度、舞台に立ちたいんでしょう？　せっかくチャンスが巡ってきたのに、どうして迷うのよ。

冴子　……。

夕佳　それとも、あんたのやりたいって思いは、その程度だったの？　初めて舞台に立った時の気持ちは、どこに行っちゃったのよ。

修造　夕佳ちゃん。

五木　冴子さんがどうしてもやりたくないって言うなら、他の人を探すしかない。あと一時間だけ待つから、もう一度考えてみてくれ。

冴子　待ってもらわなくて、結構です。私にやらせてください。

みちる　ママ！

夕佳　偉い。それでこそ、冴子だ。

五木　ありがとう、冴子さん。

冴子　こちらこそ、よろしくお願いします。

修造　（紙袋からビデオテープを出して）良かった。持ってきておいて。

夕佳　何よ、それ。

修造　今日の通しのビデオだよ。出来はボロボロだったけど、参考にはなるはずだ。（と冴子に差し出す）

冴子　（受け取って）ありがとう。家に帰って、すぐに見る。

五木　それより、ここでみんなで見よう。一杯やりながら。

夕佳　お酒なんか飲んでる場合じゃないでしょう？

五木　それもそうだな。よし。今日から初日まで、みんなで禁酒しよう。でも、ビールは酒のうちに入らないよね？

夕佳　もちろん。冷蔵庫に黒ラベルがいっぱい入ってる。

五木　オーケイ。

五木が去る。

みちる　ママは飲んじゃダメだよ。
冴子　わかってるわよ。
修造　初日が開けるまで、ここに泊まったらどうだ？　この前みたいに、みんなで稽古もできるし。
夕佳　グッド・アイディアじゃない。そうしなよ、冴子。
冴子　でも、そこまで甘えたら悪いよ。
修造　バカ、こんな時に甘えなくて、いつ甘えるんだ。俺はおまえの兄貴なんだぞ。
冴子　兄さん。
修造　泣きたくなったら、俺の胸で泣け。
夕佳　修ちゃん、カッコつけすぎ。

修造が去る。

みちる　ママ、ドラマの仕事はどうするの？
冴子　明日、稽古場へ行く前に、謝ってくる。
夕佳　事情を話せば、わかってくれるよ。ドラマの撮影は二週間後だけど、お芝居の初日は一週間後なんだから。

冴子　そうよ。たったの一週間しかないのよ。

冴子・みちる・夕佳が去る。

9

城山が日誌を読む。

城山 十一月二十四日。今日の通し稽古は、皆さんにとっては予想以上にひどい出来だったようです。が、僕はそうは思いませんでした。最初の通しで重要なのは、皆さんが芝居の流れをつかむことだからです。科白を忘れたり、動きを間違えたりしても、構わない。最後まで続けてやってみることで、自分の役の気持ちがどのように変化していくのか、確認する。それだけで十分なんです。僕が見たいのは、表面を整えただけの芝居ではない。科白や動きにミスはあるけど、登場人物はみんないきいきと動いている。そういう芝居なんです。今までの稽古でやってきたことを忘れなければ、皆さんにもきっとできる。表面を整えるのは、その後でいいんです。

城山が日誌を読んでいる間に、哲郎・晴子・しおり・真紀・野坂・早乙女が台本と紙を持ってやってくる。野坂以外の五人が椅子に座り、紙を読む。そこへ、五木がやってくる。

五木　城山君、そろそろ始めてもいいかな。
城山　ええ。皆さん、僕の日誌は読んでもらえましたか？
哲郎　じっくり二回読みました。
城山　僕も皆さんの日誌を読ませてもらいました。これからのことについて、五木さんからお話があるそうですので、聞いてください。
五木　皆さん、おはようございます、昨夜はよく眠れましたか？　多岐川さんが怪我をされたことは本当に残念です。が、あれは事故だったんです。いいですね、真紀さん？
真紀　すみません。
五木　昨夜、僕と城山君と早乙女さん、それに脚本家の立原さんの四人で、これからのことについて話し合いました。多岐川さんがやるはずだった、ミセス・マーチ役をどうするかです。結論から先に言うと、やはり代役を立てるしかないということになりました。代役には、今の時点で考えられる、最適な人を選びました。皆さんもよくご存じの、立原冴子さんです。
晴子　やっぱり。そうじゃないかと思ってました。
五木　冴子さんには、昨夜のうちに代役をお願いし、承諾を得ました。だから、すぐにでも稽古に参加できるんですが、その前に皆さんの意見をお聞きしたい。反対意見があれば、遠慮なく言ってください。そのために、みちるさんにも席を外してもらいました。
哲郎　反対のしようがありませんよ。五木さんたちが選んだ人なら、文句はありません。
しおり　ちょっと待ってください。代役の話をする前に、昨日の話の続きはどうなったんですか？
五木　昨日の話って？

しおり　稽古のやり方についてです。（紙を示して）城山さんが言いたいことはわかりました。でも、私には、今の状態で初日に間に合うとは思えません。

早乙女　つまり、初日を延ばした方がいいってことですか？

しおり　違います。公演そのものを見直す必要があるって言いたいんです。

晴子　それって、公演を中止しろってこと？

しおり　（五木に）私は冴子さんがどんな演技をするか知りません。でも、たったの一週間で、多岐川さんよりいい演技ができるようになるでしょうか。私だって、一週間で自分の演技が完成するとは言い切れない。他のみんなだって、きっと同じです。こんな状態で公演をやって、一体何の意味があるでしょう。

哲郎　僕は一週間あれば、何とかなると思うけど。

しおり　どうしてそんなに楽観的に考えられるの？　あなたは何度も舞台に出てるから、一度ぐらい失敗しても平気かもしれない。でも、私はこれが初めての舞台なのよ。失敗したら、取り返しがつかないのよ。

早乙女　まあまあ、永井さん。あんまり興奮しないで。

しおり　興奮なんかしてません。

早乙女　しかし、鼻の穴は全開だ。ジョーもその調子でやればおもしろいのに。

しおり　鼻の穴ばっかり見ないでください。

五木　もう一度、落ち着いて考えてみましょう。今、永井さんからなぜこの公演をやるのかという質問が出ました。僕の答えは簡単です。やりたいからやるんです。

哲郎　それだけですか？

五木　僕は『小さな貴婦人たち』の原作が昔から大好きでした。一人前のプロデューサーになったら、自分の好きな役者さんを集めて、舞台にしたいと思っていました。多少の問題があるからと言って、すぐに諦めたくはありません。問題は解決すればいいんです。

しおり　解決できるんでしょうか。

五木　できますよ。あなたの話を聞いて、ますます確信しました。

しおり　でも、一体どうやって？

五木　永井さんはいい舞台に立ちたいと思っている。城山さんもいい舞台を作りたいと思っている。つまり、二人の目標は同じなんです。だったら、どうすればいい舞台が作れるか、腹を割って話し合えばいい。城山さんだって、これからは台本以外の練習をやるつもりはないはずだ。冴子さんのことを考えたら、台本の練習を一回でも多くやるしかない。

しおり　やるだけやって、ダメだったらどうするんですか？

城山　永井さんは初日までに芝居を完成させたいんですよね？

しおり　そうですけど。

城山　劇場での通し稽古、つまり、ゲネプロまで一緒にやってもらえませんか。ゲネプロまでに完成しなかったら、公演中止でも何でも考えましょう。

五木　それがいい。皆さん、あと一週間だけ、時間をください。ゲネプロまでは、この芝居を良くすることだけに集中するんです。

哲郎　僕は最初からそのつもりでしたよ。

晴子　いいんじゃないですか。ねえ、真紀ちゃん？
真紀　しおりさんは？
しおり　一週間だけなら、やってもいいわ。どうせ仕事は入れてないし。
五木　じゃ、決まりですね。野坂、冴子さんたちを呼んでこい。
野坂　わかりました。

そこへ、修造がやってくる。後から、冴子とみちるもやってくる。

野坂　あれ、そこにいたんですか？
修造　立ち聞きするつもりじゃなかったんだ。あんまり遅いから心配になって。
五木　どこから聞いてたんだ？
修造　ゲネプロまでに完成させるってところから。
五木　それなら、話が早い。冴子さん、こちらにどうぞ。皆さん、改めて紹介します。今日からミセス・マーチをやってもらう、立原冴子さんです。
冴子　（全員に）全力で頑張りますので、よろしくお願いします。
城山　じゃ、早速、稽古を始めましょう。今日は最初のシーンから、ミセス・マーチの出番を中心にやっていきます。

冴子・みちる・役者たちが前に出る。

早乙女　城山さん、誰の科白からにしますか？
城山　四ページの頭。ミセス・マーチが登場する直前の、ベスの科白からお願いします。
真紀　わかりました。
城山　（冴子に）少しずつ、確認しながらやりましょう。科白が抜けたら、早乙女さんがフォローします。落ち着いて、娘たちに話しかけてください。
冴子　はい。
城山　じゃ、行きますよ。はい。（と手を叩く）
真紀　「そうだ。どうせお金を使うなら、自分の物を買うのはやめて、お母様にプレゼントしない？」
しおり　「ベス、あんたって本当にいい子。私、お母様のスリッパが擦り切れてるのが、どうにも我慢ならなかったのよ」
晴子　「私は手袋を買うわ。お母様の好きなピンク色の」
真紀　「私はハンカチ。自分で刺繍をして」
みちる　「私は香水。小さいのにすれば、色鉛筆も買えるかも」
冴子　「まあまあ、ずいぶん賑やかかね」
晴子　「お帰りなさい、お母様」
冴子　「ただいま、メグ。ジョー、誰かお客様は来なかった？　ベス、顔色が良くないけど大丈夫？　エイミー、キスしてちょうだい」

晴子・しおり・真紀・みちるが冴子の手から荷物を受け取る。

冴子　「今日はみんなに素敵な贈り物があるのよ」

みちる　「わかった。お父様からの贈り物ね？」

しおり　「お母様、早く読んでよ」

冴子　「待ちなさい。手紙は逃げたりしないんだから」

冴子が椅子に座る。晴子・しおり・真紀・みちるが冴子の周りに座る。

冴子　「愛する妻と娘たちへ。昼も夜もおまえたちのことを思い、心に浮かぶおまえたちの姿を励みにしている。再び会える日はまだまだ遠いが、立派にそれぞれの仕事に励んでほしい。おまえたちを誇りに――」

早乙女　冴子さん、一つ飛ばしました。「娘たちはよく母に仕え」

冴子　「娘たちはよく母に仕え、仕え……」

早乙女　大丈夫ですか？

修造　冴子、落ち着け。

五木　もっと肩の力を抜いて。

城山　静かにしてください。冴子さん、慣れるまで台本を持ったらどうですか。

冴子　いいえ、大丈夫です。
哲郎　無理しなくてもいいのに。
冴子　（城山に）もう一度やらせてください。
城山　じゃ、「娘たちはよく母に仕え」から、もう一度。はい。（と手を叩く）
冴子　「娘たちはよく母に仕え、私が帰る頃には、ますます愛しい、『小さな貴婦人たち』になっていてほしい。おまえたちを誇りに思っている父のために」
晴子　「私、恥ずかしいわ。文句ばっかり言ってた自分が」
みちる　「お母様、私はワガママでした。だけど、これからはもっといい子になります。お父様のためにも」
しおり　「私も努力する。『小さな貴婦人』になるべく近づけるように」
真紀　「私だって」

晴子・しおり・真紀・みちるが冴子を見る。

みちる　ママの科白よ。
冴子　すみません。次の科白は何でしたっけ？
早乙女　やっぱり台本を持った方がいいんじゃないですか？　その方が冴子さんも安心してできるでしょう。
冴子　でも、ちゃんと覚えたはずなんです。

城山　わかりましたから、台本を持ってください。効率よく進めましょう。
冴子　はい。

修造が冴子に台本を渡す。

修造　気にするな。すぐにできるようになる。
五木　（冴子に）そうそう。昨夜はちゃんとできてたんだから。
早乙女　冴子さん、続きをやりますよ。
冴子　はい。
城山　じゃ、ミセス・マーチが手紙を読むところから、もう一度。はい。（と手を叩く）
冴子　「愛する妻と娘たちへ。昼も夜もおまえたちのことを思い、心に浮かぶおまえたちの姿を励みにしている。再び会える日はまだまだ遠いが、立派にそれぞれの仕事に励んでほしい。娘たちはよく母に仕え、仕え、仕え……」
野坂　（五木に）本当に大丈夫なんですか？
五木　うるさい！　黙って見てろ！
修造　頑張れ、冴子。

10

しおりが日誌を読む。その間に、早乙女が去る。

しおり　十一月二十五日。今日は台本の三分の一しか進みませんでした。それが不満なわけじゃありません。むしろ、嬉しいぐらいです。科白の一つ一つをじっくり練習できたから。これでやっとスタートラインに立てたような気がします。

早乙女がタオルを数枚持ってやってくる。

早乙女　城山さん、気分転換にゲームをやりませんか？
城山　でも、休憩時間はもう終わりですよ。
早乙女　ゲームの効用はチームワークの向上でしたよね？　冴子さんが入って、チームが新しくなったわけですから、やっておく必要があるんじゃないですか？
哲郎　賛成です。台本ばっかりやってても、息が詰まっちゃうし。
晴子　城山さんもやりませんか？　一回ぐらい、お手本を見せてくださいよ。

城山　そう言って、僕が失敗したら、笑うつもりですね？　いいでしょう。受けて立ちますよ。
しおり　私は遠慮します。次のシーンの予習をしておきたいんで。
真紀　私も。
修造　じゃ、かわりに俺がやろう。五木、おまえもやるよな？
五木　どうして俺まで。
修造　そうか。おまえは冴子のために何かしたいと思わないのか。
五木　わかったよ。やればいいんだろう？
早乙女　（全員に）一周したら、反対周りにしましょう。行きますよ、せえの。

しおりと真紀を除いた全員がタオルパスを始める。誰も失敗しない。

哲郎　みんな、うまい。これでチームワークは完璧ですね。
晴子　城山さんはともかく、冴子さんや五木さんは初めてじゃないんですか？
五木　実は、修造の家で何十回も練習したんだ。
城山　じゃ、今度は外向きに立ってやってみましょう。
晴子　えー？
早乙女　よし、挑戦するか。行きますよ。せえの。

外向きに立ち、タオルパスを始める。何人かが落とす。

哲郎　うわー、難しい。
修造　城山君、これはちょっと難しすぎるんじゃないかな。
しおり　そんなことないわ。みんな、タオルを投げる方向がよくないのよ。（野坂に）ちょっとどいて。ほら、真紀ちゃんも一緒にやろう。
早乙女　負けず嫌いも、ここまで来ると気持ちがいいな。

全員でタオルパスを始める。誰も失敗しない。晴子が日誌を読む。

晴子　十一月二十六日。冴子さんが科白を忘れたり、間違えたりする回数が、かなり減ってきました。たったの三日で、凄い進歩です。それなのに、城山さんはニコリともしないで、「もう一度やりましょう」。やれやれって感じです。

みちる・修造・五木・城山・晴子・真紀・早乙女が椅子に座る。冴子・しおり・哲郎が前に出る。

城山　じゃ、さっきの続きから始めましょう。はい。（と手を叩く）
しおり　「お母様、エイミーは？」
冴子　「もう大丈夫よ。少し熱があるみたいだけど、大したことにはならないでしょう。それより、ジョー。一体何があったのか、説明してちょうだい」

しおり　「私……」
哲郎　「ジョーと僕は川へスケートをしに行ったんです。レースを始める前に、氷の張り具合を確かめていたら、突然、後ろで悲鳴がして」
しおり　「振り向いたら、エイミーが氷の割れ目に落ちるところだったの。急いで二人で引き上げたんだけど、エイミーったらずっと震えてて」（と泣く）
冴子　「泣くことないわ、ジョー。エイミーは無事だったんだから」
しおり　「でも、エイミーはあとちょっとで死ぬところだったのよ」
冴子　「あなたはできるだけのことをした」
早乙女　「あなたは自分に」
冴子　「あなたは自分にできるだけのことをした。だから、自分を責めることはないのよ。ローリー。遅くまで引き止めてごめんなさいね」
哲郎　「おやすみなさい、ミセス・マーチ」

哲郎が椅子に座る。

冴子　「あなたも寝た方がいいわ、ジョー」
しおり　「待って、お母様。私、まだ言ってないことがあるの」
冴子　「言ってないこと？」
城山　（手を叩いて）冴子さん、何気なく科白を出さないでください。世間話じゃないんです。も

う一度、今の科白から。はい。(と手を叩く)

冴子 「言ってないこと?」

しおり 「私、知ってたの。エイミーが後ろからついてきたこと。でも、小説を焼かれたのが悔しくて、知らんぷりしてたのよ。私、自分が怖い。私の癇癪のせいで、もっとひどいことが起きたら」

冴子 「そうならないように、今日のことは決して忘れないで。大丈夫よ。あなたはあなたの欠点を知ってるんだから、きっと直せるわ」

城山 (手を叩いて)一体どんな気持ちでしゃべってるのかわかりません。もっとジョーを励ましてください。はい。(と手を叩く)

冴子 「そうならないように、今日のことは決して忘れないで。大丈夫よ。あなたはあなたの欠点を知ってるんだから、きっと直せるわ」

しおり 「お母様は、私がどんなにひねくれてるか、わかってないのよ」

冴子 「ジョー、よく聞いて。私だって、若い頃はあなたのように苦しんだのよ」

しおり 「お母様が? 私、お母様が怒っているところなんて、見たことないわ」

冴子 「表に出さないように努力しているだけよ。お父様にも助けていただいて」

城山 (手を叩いて)冴子さん、感情が足りない。今の科白には結婚してから今日までの二十年分の思い出が詰まってるんです。なぜ他の科白と同じ調子で言うんですか。

しおり いちいち止めるより、通してやった方がいいんじゃないですか?

城山 ここは大事なシーンなんです。もう少し我慢してつきあってください。

冴子　（しおりに）すみません、お願いします。
しおり　私はいいんですけど。
城山　さあ、もう一度やりましょう。
修造　（五木に）俺、胃が痛くなってきた。
五木　しっかりしろ。冴子さんだって頑張ってるんだから。

真紀が日誌を読む。

真紀　十一月二十七日。今日でやっと最後のシーンまで辿り着きました。冴子さんはずっと怒られっぱなし。それなのに、休憩時間まで一人で練習してました。そんな姿を見せられたら、私も頑張らないわけにはいきません。
早乙女　皆さん、お疲れ様でした。明日も同じ時間でお願いします。
哲郎　冴子さん、科白は大体入ったみたいですね。
冴子　大体じゃダメなのよ。完璧に覚えて、自分の言葉にしないと。
晴子　それはもうできてるんじゃないかな。今日だって、ほとんどダメ出しがなかったし。
城山　冴子さん、明日の午前中は予定が入ってますか？
冴子　いいえ。早めに来て、練習するつもりでした。
城山　じゃ、集合時間の一時間前に、事務所に来てください。今日のダメ出しをまとめてやりますから。

冴子　わかりました。ありがとうございます。

城山以外の全員が去る。みちるも去りかけて、戻ってくる。

みちる　城山さんに一つ質問があるんですけど。
城山　エイミーのキャラクターについてですか？
みちる　違います。ママについてです。城山さんは、どうしてあんなにママを怒るんですか？　ママは一生懸命やってるのに。
城山　わかっています。努力は認めているつもりです。
みちる　そんなふうには全然見えません。もしかして、本当はママにやらせたくなかったんですか？
城山　誤解ですよ。参ったな。
みちる　じゃ、私が納得できるように説明してください。
城山　誰にも言わないって約束してくれますか？
みちる　約束でも何でもするから、早く。
城山　僕にとって、城山さんはベルなんです。
みちる　ベル？　城山さん、冴子さんはママが電話のベルみたいにうるさい女だって言いたいんですか？
城山　全然違います。僕が言ってるのは、ＢＥＬＬのベルじゃなくて、ＢＥＬＬＥ。そっちのベルには、美しい人って意味があるんです。
みちる　それはつまり、ママが好きだってこと？

城山　（うなずく）
みちる　ありゃま。
城山　絶対、誰にも言うなのよ。
みちる　立原みちる、この秘密は墓場まで持っていくことを誓います。

そこへ、冴子がやってくる。

冴子　みちる、帰るわよ。
城山　お疲れ様でした。

城山が去る。

冴子　どうしたの、ニヤニヤしちゃって。城山さんと何を話してたの？
みちる　秘密。

冴子が去る。みちるが日誌を読む。

みちる　十一月二十八日。今日から、劇場では仕込みが始まりました。稽古の後、ママと覗きに行ったら、セットが半分ぐらい出来上がっていました。三日後にはあそこに立ってるのかと思うと、何だか不思議な気分でした。

　みちる・哲郎・晴子・しおり・真紀・野坂・早乙女がやってくる。全員が笑顔である。遅れて、城山と冴子がやってくる。

城山　お待たせしました。
早乙女　（ストップウォッチを見て）いいえ、時間きっかりです。うふふ。
哲郎　よし、今日も張り切って稽古しましょう。うふふ。
城山　皆さん、ずいぶん嬉しそうですね。何かいいことでもあったんですか？
しおり　いいえ、別に。城山さんも人間だったんだなと思って。うふふ。
真紀　しおりさん。うふふ。
城山　まさか……。（とみちるを見る）
みちる　（そっぽを向いて）ベル。
城山　貴様、バラしやがったな。
みちる　何のことでしょう。

　城山がみちるに飛びかかる。みちるが逃げる。そこへ、多岐川が杖をついてやってくる。修造と五木が付き添っている。

多岐川　おはようございます。

野坂　多岐川さん！　歩いたりして平気なんですか？

多岐川　（杖を示して）これがあれば大丈夫よ。皆さん、ご心配をおかけしました。

真紀　多岐川さん、私……（とうつむく）

多岐川　いいのよ、何も言わなくて。冴子さん、調子はどう？

冴子　何とか科白が入ったところです。

多岐川　凄いじゃない。急な話で大変だと思うけど、あなたならきっと大丈夫よ。私の分まで頑張ってね。

城山　何か気づいたことがあったら、後で言ってください。（全員に）じゃ、今日は最初のシーンからやりましょう。

哲郎が日誌を読む。

哲郎　十一月二十九日。今日は前半と後半に分けて通しました。気のせいか、城山さんがいつもよりさらに厳しかった。でも、僕たちは楽しかったですよ。理由は書けませんけどね。さて、稽古の最後に、多岐川さんがみんなに言いました。

多岐川　今日は来て良かった。これで安心して、休めるわ。

五木　そう言わずに、ちょくちょく顔を出してくださいよ。

晴子　そうですよ。何たって、多岐川さんは私たちの産みの親なんですから。

多岐川　じゃ、冴子さんは育ての親ね。あなたたち、新しいお母さんの言うことをよく聞くんですよ。
真紀　わかりました。
多岐川　（全員に）私はこの作品がとても気に入っています。一緒に舞台に立てなくなったのは残念ですが、どこにいても皆さんを応援しています。心を一つにして、いいお芝居にしてください。
早乙女　じゃ、今日の稽古は終わりです。皆さん、お疲れ様でした。
多岐川　冴子さん、ちゃんと寝てる？　睡眠時間はきちんと取らなくちゃダメよ。
修造　大丈夫です。僕が毎晩、子守歌を歌ってますから。
五木　かえって眠れなくなるんじゃないか？
多岐川　（冴子に）私が稽古の前に言ったこと、やっぱり取り消すわ。私の分まで頑張ろうなんて思わないで。
冴子　え？
多岐川　あなたはあなたにできることをやればいい。六年ぶりの舞台を思いっきり楽しめばいいのよ。今のあなたはちっとも楽しそうじゃない。そんな顔で舞台に立ったら、お客さんに失礼よ。
哲郎　あんなに厳しい多岐川さんは初めて見ました。何だか、自分が言われたみたいで、ゾクっとしてしまいました。稽古場で稽古ができるのは、あと一日だけ。僕も精一杯楽しもうと思います。

修造と五木以外の全員が去る。反対側から、夕佳がやってくる。

夕佳　で？　結局、多岐川さんは何が言いたかったわけ？
五木　つまり、もっとリラックスしてやれってことじゃないかな。
修造　それはそうだけど、別の意味もある。
夕佳　別の意味って？
修造　冴子は多岐川さんの演技を必死で真似しようとしてたんだ。だから、楽しそうに見えなかったんだよ。
夕佳　どうして真似しちゃいけないのよ。冴子は代役でしょう？
修造　たとえ代役でも、違う役者がやれば、演技も違って当然なんだ。今の冴子には、多岐川さんの演技を忘れることが必要なんだ。
五木　なるほどね。しかし、多岐川さんのミセス・マーチはすばらしかったからな。忘れるのは難しいんじゃないか？
夕佳　それに、稽古はあと一日しかないのよ。たったの一日で、違う演技ができるようになるの？
修造　たとえば、初めて自転車に乗れるようになった時はどうだった？
夕佳　何よ、いきなり。
修造　俺は何度も転んで、何度も膝を擦りむいた。正直言って、俺には自転車は向いてないんじゃないかとさえ思った。それなのに、ある時、すっと前に進むようになって、自分でもビックリしたんだ。
五木　つまり、演技もそれと同じだって言いたいわけか？
修造　ああ。演技っていうのは、城山君が言う通り、気持ちがすべてだ。冴子がミセス・マーチの

夕佳　気持ちをつかんだら、その瞬間に演技は全部変わる。俺は突然、グッと良くなった役者を何人も見てきた。
五木　わかるわかる。泳げるようになる時も、突然だもんね。私はまだだけど。
修造　問題は、冴子さんが突然良くなるかどうかだ。実の兄から見た予想は？
夕佳　わからない。それがわかるのは、城山君だけだ。

そこへ、冴子とみちるがパジャマを着てやってくる。

冴子　ごめんね、先にお風呂に入らせてもらって。
夕佳　いいのよ、稽古で大汗かいてきたんだから。そう言えば、さっき、お義母さんから電話があったよ。元の旦那さんから手紙が来たって。
みちる　パパから？
夕佳　二人とも元気かどうか、気にしてたって。冴子、何も連絡してないの？
冴子　だって、別に用事がないから。
修造　それじゃ、みちるが舞台に立つことも知らせてないのか？
みちる　別にいいよ。パパはお芝居には興味がないし。
冴子　みちる。
みちる　でも、クリスマスプレゼントは期待してるんだ。家を出る時、「今年はパソコンがいいな」って言っておいたんだけど。

修造　みちるちゃんがいい子にしてれば、きっとサンタさんが届けてくれるよ。
みちる　（冴子に）ママの血筋って、みんなこうなの？
冴子　うん。兄さんは二十歳になるまで、サンタがいると思ってたんだ。
修造　バカなことを言うな。俺は三十五歳になった今でも、いると思ってるぞ。なぜなら、サンタは俺だからだ。夕佳ちゃんだけの。
五木　ふーん。じゃ、俺はそろそろ帰るとするか。
冴子　もうちょっといいじゃないですか。五木さんの感想が聞きたいんです。今日の稽古を見て、どう思ったか。
五木　俺はよく頑張ってると思ったけど、多岐川さんの言ったことにも一理あるんじゃないかな。
修造　（冴子に）城山君のダメ出しをもう一度、思い出してみろ。城山君は、おまえに多岐川さんの真似をやらせようなんて思ってない。おまえにしかできない演技をやってほしいと思ってる。それが、多岐川さんの演技と違ったものになっても、全然構わないんだよ。
冴子　でも、私にしかできない演技なんて。
修造　おまえはみちるの母親を立派にやってるじゃないか。娘の数が増えただけだと思えばいいんだ。
冴子　できるかな。
みちる　できると信じればできるって、いつも言ってるくせに。
五木　俺は冴子さんを信じてる。プロデューサーっていうのは、自分で芝居を作るわけにはいかないからな。役者やスタッフを信じるしかないんだ。じゃ、また明日。

みちる　おやすみなさい。

冴子・みちる・夕佳が去る。

11

五木が日誌を読む。

五木　十一月三十日。今日は冴子さんが入ってから初めての通し稽古をやった。冴子さんは科白を一つも間違えなかったし、他のみんなも確実に良くなっていた。一週間前とは比べ物にならないほどの出来だった。正直な話、ホッとした。公演中止になったら、チケットはすべて払い戻し。サンライズ劇場は一億円を超える損害を被ることになる。もちろん、プロデューサーの俺はクビだ。俺のことはどうでもいいが、この芝居のチケットを買った人たちは、みんな見るのを楽しみにしている。その人たちのために、初日の幕は何が何でも開けるべきなのだ。明日の昼はゲネプロ。夜は初日。もっともっといい芝居にして、楽しみにしている人たちに見せてやってほしい。

修造が日誌を読む。

修造　十二月一日。昨夜はよく眠れなかった。当たり前だ。妹と姪っ子がいっぺんに舞台に出るっていうのに、グースカ眠れるもんか。

十二月一日、昼。サンライズ劇場の舞台袖。
早乙女がやってくる。

早乙女 皆さん、こんなところで何してるんですか？　あと十五分でゲネプロですよ。
修造 僕はここで見てもいいですか？
早乙女 ダメです。脚本家が袖にいたら、役者がビビりますから。
五木 ビビってるのはこいつの方だ。評論家や新聞記者が来てるから。
城山 え？　今日のゲネプロは公開なんですか？
五木 多岐川さんが出られなくなって、チケットの売れ行きが伸び悩んでるんだ。だから、マスコミに宣伝してもらおうと思って。
早乙女 でも、評論家につまらないって書かれたら、逆効果ですね。
五木 早乙女君はこの芝居がつまらないと思ってるのか？
早乙女 とんでもない。役者はみんな頑張ってるし、何よりも脚本がすばらしい。
修造 心にもないことを言うな。俺は評論家なんか怖くない。それより、冴子とみちるが心配なんだ。できるだけ、二人のそばにいてやりたいんだ。
早乙女 気持ちはわかりますけど、ダメなものはダメです。劇場に入ったら、舞台監督の言うことを聞いてください。

そこへ、野坂がやってくる。

野坂 早乙女さん、そろそろ開場してもいいですか？

早乙女 いつでもオーケイだ。

五木 （修造に）覚悟を決めて、客席へ行こう。城山君も。

城山 （早乙女に）よろしくお願いします。

早乙女 よろしくお願いします。

修造・五木・城山・野坂が去る。反対側へ、早乙女が去る。
サンライズ劇場のロビー。
夕佳がやってくる。反対側から、多岐川がやってくる。

夕佳 多岐川さん、お久しぶりです。立原修造の家内です。

多岐川 夕佳さんだったわよね？　あなたもゲネプロを見に来たの？

夕佳 本当は初日に来る予定だったんですけど、夜まで待てなくて。多岐川さんの代役をやることになった立原冴子は、高校時代からの親友なんです。

多岐川 そうだったの。冴子さんて、本当に凄い人ね。私なんか、とてもかなわない。

夕佳 普段はただの弱虫なんですよ。でも、今の冴子には舞台しかないから。

そこへ、修造・五木・城山がやってくる。

修造　あれ？　夕佳ちゃん、今日はジムに行ったんじゃなかったの？

夕佳　半休にしてきちゃった。冴子が気になって、仕事が手につかないから。

多岐川　城山さん、あなたの隣で見てもいい？

城山　別に構いませんけど、僕はちょっとうるさいかもしれませんよ。自分では気がつかないんですが、よく独り言を言うらしいんで。

多岐川　「バカ野郎」とか「何だ、その芝居は」とか？

夕佳　多岐川さん、私たちは後ろの席で見ましょう。

五木　（時計を見て）そろそろ開演時間ですね。よし、客席に入るとするか。

夕佳・五木・城山・多岐川が去る。修造が日誌を読む。

修造　扉を開けると、客席が暗くなり始めたところだった。緞帳が上がって、舞台に明かりが入った。舞台には、四人の姉妹たちが立っていた。稽古場とは全く違う緊張感の中で、ついにゲネプロが始まった。

サンライズ劇場の舞台。

衣裳を着たみちる・晴子・しおり・真紀がやってくる。

しおり「プレゼントのないクリスマスなんて、全く意味がないわ。ねえ、みんな、そう思わない？」

晴子「仕方ないわよ。今の私たちにはお金がないんだから」

みちる「世の中って不公平ね。他の子はきれいな服をいっぱい持ってるのに、私は一着も持ってない」

真紀「でも、私たちにはお父様とお母様がいるじゃない。それに、こうしておしゃべりできる姉妹も」

しおり「どこにお父様がいるって言うの？　戦争が終わるまで会えないなんて、いないのと同じじゃない」

修造　そして、冴子が舞台に出てきた。胸を張って、堂々と。

そこへ、衣裳を着て、荷物を持った冴子がやってくる。

冴子「まあまあ、ずいぶん賑やかかね」

晴子「お母様、お帰りなさい」

多岐川「ただいま、メグ。ジョー、誰かお客様は来なかった？　ベス、顔色が良くないけど大丈夫？　エイミー、キスしてちょうだい」

みちる・晴子・しおり・真紀が冴子のコートや荷物を受け取る。

冴子「今日は、みんなに素敵な贈り物があるのよ」

みちる「わかった。お父様からの手紙ね？」

しおり「お母様、早く読んでよ」

冴子「待ちなさい。手紙は逃げたりしないんだから」

冴子が椅子に座る。みちる・晴子・しおり・真紀が冴子の周りに集まる。

冴子「愛する妻と娘たちへ。昼も夜もおまえたちのことを思い、心に浮かぶおまえたちの姿を励みにしている。再び会える日はまだまだ遠いが、立派にそれぞれの仕事に励んでほしい。娘たちはよく母に仕え、私が帰る頃には、ますます愛しい、『小さな貴婦人たち』になっていてほしい。おまえたちを誇りに思っている父のために」

晴子「私、恥ずかしいわ。文句ばっかり言ってた自分が」

みちる「お母様、私はワガママでした。これからはもっといい子になります。お父様のためにも」

しおり「私も努力する。『小さな貴婦人』になるべく近づけるように」

真紀「私だって」

冴子「人は皆、重い荷物を背負って、険しい道を歩いているの。いい人になりたいとか、いい行いをしたいとか願う気持ちは、私たちの道しるべ。その道しるべに従って行けば、悲しみに

修造　も苦しみにも出会わずに済むんです。だから、今の気持ちを決して忘れないで、今の気持ちを道しるべにして、お父様が帰っていらっしゃるまで、まっすぐに進みましょうね」
長い科白もスラスラ言えた。一言しゃべるたびに、冴子の表情が少しずつ明るくなっていった。冴子だけじゃない、舞台にいるみんなの表情も。

サンライズ劇場の舞台袖。
冴子がやってくる。反対側から、早乙女がやってくる。

早乙女　どうかしましたか?
冴子　すみません。タオルを貸してください。
早乙女　凄い汗ですね。まだ三シーンしかやってないのに。(とタオルを差し出す)
冴子　(受け取って)どうしよう。科白を言うだけで精一杯だ。城山さんに言われたことが全然できない。ごめんなさい。独り言です。
早乙女　冴子さん、一つアドバイスしていいですか?
冴子　ええ、どうぞ。
早乙女　あなたはこの一週間、本当に精一杯やった。そのことに、どうか誇りを持ってください。少なくとも、僕は誇りに思っている。こうして、あなたと一緒に芝居を作れることを。
冴子　(タオルを差し出して)ありがとうございました。

冴子が去る。反対側へ、早乙女が去る。

修造 冴子は何度か科白をとちった。俺はそのたびに椅子から飛び上がったが、冴子は冷静に正しい科白を言い直した。見ている人にはほとんど気にならなかったはずだ。そして、芝居はいよいよクライマックスに差しかかった。

サンライズ劇場の舞台。

みちる・哲郎・晴子・しおり・真紀がやってくる。晴子は新聞を読んでいる。

晴子 「凄いわ、ジョー。あなたの小説が新聞に載るなんて」

真紀 「我が家の誇りね」

みちる 「どうして今まで教えてくれなかったの?」

しおり 「だって、本当に載るかどうかわからなかったから」

哲郎 「僕は、ジョーが新聞社に入るところを見てたんだ。外で待ってたら、真っ青な顔をして出てきたから、声がかけられなくなっちゃった」

しおり 「編集長がとっても怖い人だったのよ。でも、次からは、原稿料をくれるって。もちろん、ほんの少しだろうけど、私は絶対に無駄遣いしない。お父様に何かプレゼントを送るんだ」

そこへ、冴子がやってくる。

冴子　「ただいま」
しおり　「お母様！　素敵なお知らせがあるのよ」
冴子　「私もみんなに知らせがあるのよ。私の知らせはいいものじゃないけど」
哲郎　「どうかしたんですか、ミセス・マーチ」
冴子　（ポケットに手を入れて）「今、ワシントンから電報が――」

冴子がポケットの中を探す。何も出てこない。他の役者たちが顔を見合わせる。

しおり　（冴子の手をつかんで）お母様、ワシントンから電報が来たのね？　そうなんでしょう？
冴子　ええ、そうなの。
みちる　（冴子に近寄って）お父様に何かあったの？
冴子　ええと、何て書いてあったかしら。
晴子　（冴子に近寄って）まさか、ご病気になったの？
哲郎　じゃ、すぐに出かける支度をしなくちゃ。
冴子　（気を取り直して）「私はすぐに出かけます。もしかしたら、もう間に合わないかもしれない。でも、あなたたちはしっかりして……」
しおり　しっかりするわ、お母様。お母様を助けるわ。
哲郎　ミセス・マーチ、僕は何をしたらいいでしょう。僕にも何かお手伝いをさせてください。

冴子　「すぐに行くという電報を打ってください。明日の朝一番の汽車で出発しますから」
哲郎　「承知しました。汽車の手配も済ませてきます」

哲郎が去る。

しおり　お母様、私たちは何をしたらいいの？
冴子　「ジョー、あなたはすぐに叔母様の所へ行って、お金を借りてきてちょうだい。ベス、あなたは葡萄酒へ行って、お隣を二本——」
真紀　お隣へ行って、葡萄酒を二本借りてくるのね？
冴子　ええ、そうよ。「エイミー、あなたは屋根裏からトランクを下ろしてきて」
みちる　わかった。
冴子　「メグ、あなたは……、あなたは……」
晴子　私はお母様の荷造りを手伝うわ。さあ、急ぎましょう。

冴子・みちる・晴子・しおり・真紀が去る。

修造　気が付くと、俺は立ち上がっていた。冴子が小道具の電報を忘れ、科白も忘れたのだ。冴子が忘れた科白は、他の役者が代わりに出した。そのシーンは何とかごますことができたが、冴子は最後まで立ち直れなかった。覚えた科白を順番通りに出すだけで精一杯だった。ラストシーンまでの三十分が、十時間にも思えた。

修造が去る。

12

十二月一日、夕。サンライズ劇場の舞台裏。
早乙女がやってくる。反対側から、五木・城山・野坂がやってくる。

野坂　（早乙女に）お疲れ様でした。
早乙女　城山さん、小道具の件は俺の責任です。出の前に、俺が確認すれば良かったんです。申し訳ありませんでした。
城山　早乙女さんが謝る必要はありません。小道具の最終確認は役者の仕事です。
野坂　でも、芝居は何とかつながったじゃないですか。
五木　つながればいいってもんじゃない。問題は、他の役者たちがどう思ったかだ。（城山に）すぐに話し合いをしよう。場所は会議室がいい。
早乙女　じゃ、十五分後に開始ってことにしましょう。みんなに伝えてきます。
城山　その前に、僕の楽屋へ来てもらえますか。照明のきっかけを変えたい所があるんで。

城山と早乙女が去る。反対側から、哲郎・晴子・しおり・真紀がやってくる。

五木　皆さん、お疲れ様でした。冴子さんとみちるちゃんは？
晴子　さあ。まだ袖にいるんじゃないですか？
真紀　（五木に）私、呼んできましょうか？
しおり　わざわざ呼びに行くことないわよ。そのうち戻ってくるでしょう。

晴子・しおり・真紀が去る。

野坂　冴子さん、みんなに顔を合わせにくいんですかね？
哲郎　でも、芝居の出来は今までで一番よかったと思うけどな。
野坂　俺もそう思いました。ラストシーンの永井さん、素敵でしたよね。
五木　こんな所で目をハートにしてる暇があったら、冴子さんの様子を見てこい。
野坂　はい、ただいま。

野坂が去る。反対側から、修造・夕佳・多岐川がやってくる。

多岐川　お疲れ様。
哲郎　多岐川さん、今のゲネプロ、見てたんですか？
多岐川　とってもおもしろかった。みんな、一週間前とは別人だった。

晴子　本当ですか？
夕佳　私の隣に座ってた人も、凄く褒めてた。ね、多岐川さん？
多岐川　その人、辛口で有名な評論家なんだけど、チームワークがとってもよかったって。しおりちゃんも初舞台には見えなかったって。
哲郎　隣の家の少年については何か言ってませんでしたか？
修造　俺の知り合いの新聞記者は、母親の存在感が薄いって言ってた。
夕佳　修ちゃん。
修造　隠しても仕方ないだろう。厳しい意見も平等に伝えないと。
五木　三好君、役者のみんなに伝えてくれ。十五分後に、会議室に集まってくれって。これからのことを話し合いたいんだ。
哲郎　わかりました。

哲郎が去る。

多岐川　（五木に）これからのことって？
五木　多岐川さんが怪我をした日、永井さんが公演を中止してほしいって言い出したんです。結局、中止するかどうかは、ゲネプロをやってから決めるってことになったんですが。
多岐川　そうだったの。
修造　夕佳ちゃん、話し合いが終わるまで、事務所で待っててくれないかな。

夕佳　オーケイ。永井しおりがなんて言おうと、絶対、中止しないでよ。このお芝居は絶対におもしろいんだから。
多岐川　私も一緒に行くわ。

夕佳と多岐川が去る。反対側から、城山がやってくる。

城山　冴子さんは戻ってきましたか？
五木　それがまだなんだ。野坂のやつに、様子を見に行かせたんだけど。
修造　よし、俺が呼んでこよう。

そこへ、冴子とみちるがやってくる。

修造　冴子、遅かったな。心配してたんだぞ。
冴子　ごめんなさい。
五木　二人とも、急いで着替えてくれ。これから話し合いをするんだ。
冴子　私に参加する資格はありません。皆さんで決めてください。
五木　しかし——
冴子　せっかく声をかけてもらったのに、本当にすみませんでした。

冴子が去る。後を追って、みちるも去る。

修造　冴子、どこへ行くんだ。
城山　冴子さん、役を降りるつもりじゃないですか？
五木　せっかくここまで来たのに、冗談じゃない。修造、後を追うぞ。

五木と城山が去る。

修造　俺たちは冴子を追いかけた。冴子の気持ちは痛いほどわかった。が、悪いのは冴子じゃない。俺だ。俺があの時、反対していれば、冴子をこんな目に遇わせずに済んだのに。冴子は長い廊下を走って、突き当たりの部屋に飛び込んだ。そこは、冴子が死に物狂いで戦った、稽古場だった。

サンライズ劇場の稽古場。
冴子・みちるがやってくる。冴子が椅子に座る。後から、五木・城山がやってくる。

五木　冴子さん、一緒に劇場へ戻ろう。みんなと話をしよう。
冴子　私はここにいます。結論が出たら、呼んでください。
修造　そんなに自分を責めるな。小道具を忘れただけじゃないか。

冴子　小道具だけじゃない。あのシーンから後の私はどうしようもなかった。通しより、稽古よりひどかった。ゲネプロを完成させなくちゃいけないってわかってたのに、私がぶち壊しにしたんです。
五木　永井さんにそう言われたのか？
冴子　いいえ。でも、言われなくてもわかります。私は私が許せません。他の人たちも同じだと思います。
みちる　私は違うよ。
冴子　あんたは別よ。あんたは役者じゃないから、わからないの。みんながどれだけこの芝居にかけてるか。
城山　じゃ、冴子さんはどうなんです。あなたは公演中止にしたいんですか？
冴子　私には選べません。
城山　だったら、みんなと話し合えばいい。あなたもこのチームのメンバーなんだから。
冴子　でも……。
城山　あなたは逃げようとしてるだけです。逃げても、何も解決にもならないのに。あなたが少しでも続けたいと思っているなら、自分のやったことに向き合うべきです。
冴子　続けたいとは思ってます。でも、もう舞台に立つ自信がないんです。
五木　どういうことだ？
冴子　怖いんです。また小道具を忘れるんじゃないか、科白を忘れるんじゃないかって思うと、怖くて怖くて堪らなくなるんです。私には無理です。役者に復帰しようなんて思ったのが、間

修造　違いだったんです。
五木　まさか、役者を辞めるつもりか？
冴子　ちょっと待ってくれ。冴子さんが辞めたら、今日の初日はどうなるんだ。
城山　すみません。
修造　甘えるのもいい加減にしろ！
城山　城山君。
（冴子に）辞めたければ辞めればいい。どうせ一度は辞めたんだ。しかし、本当にそれでいいのか？　今度こそ復帰できなくなるぞ。
冴子　わかってます。
城山　嘘つけ。そう簡単に諦められるわけがない。とことんまでやったならともかく、途中で投げ出すんだからな。
冴子　私は精一杯やりました。それでもできないから、辞めるんです。
城山　何が精一杯だ。あんたの精一杯はあんなもんじゃない。
冴子　どうしてあなたにわかるんですか？
城山　一緒に稽古したからさ。あんたを代役にするって言われた時、なぜ賛成したと思う。あんたの演技力を評価したわけじゃない。何しろ、六年もブランクがあるんだからな。しかし、もう一度舞台に立ちたいって気持ちは本物だと思ったんだ。一緒に稽古して、ますます確信した。ところが、さっきのゲネプロはどうだ。ちょっと失敗しただけで、取り乱しやがって。稽古の時とは、まるで別人だった。

みちる　私もそう思う。
城山　（冴子に）あんたなら、もっとできる。それがわかっているのに、どうして今、辞める必要がある。
冴子　でも、私はゲネプロをぶち壊しにしました。
みちる　たった一度じゃない。ママはこの一週間、寝る時間も惜しんで頑張ったんだよ。それなのに、たった一度失敗しただけで、おしまいなの？

そこへ、早乙女がやってくる。

早乙女　こんな所にいたんですか。もう話し合いの時間ですよ。
五木　わかってる。すぐに行くから、待っててくれ。
早乙女　でも、他の人たちも来てるんですが。
五木　何だって？

そこへ、哲郎・晴子・しおり・真紀・夕佳・多岐川がやってくる。

しおり　私たちのいない所で、何の相談ですか？
五木　いや、それは、つまり。
冴子　皆さん、すみませんでした。謝って済むとは思いませんが、本当に申し訳ないことをしたと思っています。

哲郎　僕は気にしてませんよ。僕だって、いつ科白を忘れるか、わからないし。

しおり　どこまでも能天気な人ね。

哲郎　でも、怒っても仕方ないでしょう。

しおり　五木さん、みんなが揃ったんですから、ここで話し合いをしませんか？

五木　いや、それは、しかし。

城山　いいんじゃないですか。冴子さん、今の話は保留にしましょう。結論を出すのは、話し合いの後でも遅くはない。

晴子　今の話って？

城山　冴子さんは今日限りで役者を辞めたいそうです。

晴子　本当ですか？

城山　ええ。もう舞台に立つ自信がなくなったって。

しおり　信じられない。冴子さんがそんなに勝手な人だとは思いませんでした。

修造　え？

しおり　だってそうでしょう？　やっとこれからおもしろくなるって時に、辞めたいなんて。

五木　永井さん、中止にしたかったんじゃないんですか？

しおり　ゲネプロの途中まではそう思ってました。でも、冴子さんが科白を忘れてから、変わったんです。それまでは、この科白はこう言おうとか、こう動こうとか考えながら、演技していました。それが、あの瞬間に消えたんです。気持ちで科白が出てきたんです。そしたら、どんどん楽しくなって。

真紀 私もそうです。お母様を助けたいって思ったら、自然に科白が言えたんです。冴子さんが、本当の母親みたいな気がしました。

晴子 そうか。だから、楽しかったんだ。

哲郎 僕は焦ったよ。みんな、通しの時と全然違うんだもの。

しおり 違ってて当たり前でしょう？ ゴールは千秋楽なんだから。

五木 じゃ、公演は続けていいんですね？

しおり 冴子さん次第です。今さら、他の人をお母様とは呼びたくありません。

修造 どうする、冴子？

冴子 ……。

城山 あなたは大切なことを忘れています。舞台は一人で作るものじゃない。あなたの演技がダメなら、他の役者の演技を見ればいいんです。他の役者の顔を見て、他の役者の科白を聞けばいいんです。そうすれば、あなたの気持ちはきっと動く。どう演じればいいかは、他の役者が教えてくれる。共演するってことは、そういうことなんです。

多岐川 （冴子に）あなたが小道具を忘れたおかげで、みんなは初めて共演できた。やっと一つになれたのよ。それなのに、みんなを見捨てて、逃げるつもり？

夕佳 冴子がそんなことするわけないですよ。だって、今の冴子には舞台しかないんだから。

哲郎 冴子さん、一緒にやりましょう。

晴子 冴子さん。

真紀　冴子さん。
冴子　私こそお願いします。もう一度、皆さんと一緒にやらせてください。
みちる　ママ！
夕佳　偉い。それでこそ、冴子だ。

そこへ、野坂がやってくる。

野坂　五木さん、当日券のお客さんがいっぱい並んでるんですけど、売ってもいいですか？
五木　バカ、いいに決まってるだろう。
野坂　わかりました！

野坂が去る。

城山　（役者たちに）じゃ、十分後に、僕の楽屋でダメ出しをします。皆さん、台本を持って、集まってください。
多岐川　夕佳さん、良かったら、一緒に初日を見て行かない？
夕佳　私は最初からそのつもりでした。皆さん、頑張ってくださいね。
早乙女　よし、準備を始めるとするか。

夕佳・五木・多岐川・早乙女が去る。修造が日誌を読む。

修造　こうして、『小さな貴婦人たち』の初日の幕が開いた。冴子はちゃんと電報を持ってきたし、科白も忘れなかった。夕佳ちゃんには、「修ちゃんの代表作ね」と言われた。とても嬉しかった。

哲郎　十二月五日。今日も多岐川さんが来てくれました。見る度におもしろくなっていると言われました。ここだけの話ですが、城山さんがラストシーンで涙を拭いていたそうです。

晴子　十二月十日。今日、三好君が科白を忘れました。でも、誰も慌てませんでした。エチュードをたくさんやったおかげで、いくらでもアドリブが出せるのです。悔しいけど、城山さんに感謝しています。

しおり　十二月十五日。映画の撮影がやっと終わりました。明日からはジョーとだけ付き合えばいいので、とても気が楽です。来年も舞台がやりたいです。

真紀　十二月十八日。この公演も、あと一週間になりました。皆さんと別れるのは淋しいです。またいつか、一緒に舞台に立ちたいです。

みちる　十二月二十一日。今日は終業式でした。お芝居をやるようになってから、学校へ行くのがちょっとだけおもしろくなりました。他の子の話し方や動き方が、演技の参考になるんです。人間て、本当にいろんなタイプがいるんですね。

冴子　十二月二十二日。あと三日で公演が終わります。あっという間の一カ月でした。皆さんに会えて本当によかった。もう辞めようとは思いません。今の私は、六年前よりもっと舞台が好きです。

冴子・みちる・修造・哲郎・晴子・しおり・真紀が去る。

13

十二月二十四日、夜。サンライズ劇場の舞台。
早乙女がホーキで床を掃いている。そこへ、五木がやってくる。

五木　お疲れ様。
早乙女　お疲れ様です。ロビーの方はもういいんですか？
五木　ああ。今日は、お客さんが帰るのが早かった。やっぱり、クリスマス・イブだからかな。
早乙女　家でケーキが待ってるんでしょう。
五木　クリスマス・ケーキか。この仕事に就いてから、一度も食ってないな。大学を出たのが二十二だから、もう十三年だ。
早乙女　芝居をやってると、クリスマスも夏休みもないですからね。
五木　今日の客席を見たか？　七割か八割はカップルだったぞ。こっちは額に汗して働いてるのに、イチャイチャしやがって。
早乙女　五木さんの気持ちもわかるけど、物は考えようですよ。年に一度のクリスマス・イブを、俺たちと一緒に過ごしてくれたんです。それだけで、ありがたいと思わなくちゃ。

五木　なるほどね。俺たちは千人近くのお客さんとクリスマス・パーティーをやったってわけか。
早乙女　そう考えると、やっぱり芝居を選んで正解だったな。
五木　今夜はみんなで飲みに行くんでしょう？
早乙女　もちろんだよ。多岐川さんも来るって話だし、今夜はとことん飲もう。
　　　俺はほどほどにしておきます。明日は千秋楽ですから。

そこへ、修造がやってくる。

修造　早乙女くん、一つお願いがあるんだけど。
早乙女　何ですか？
修造　うちの奥さんが舞台から客席を見てみたいって言うんだ。ちょっとだけいいかな？
早乙女　どうぞどうぞ、構いませんよ。

修造が夕佳を呼ぶ。夕佳がやってくる。

夕佳　すみません、ワガママ言っちゃって。
五木　いいよ、今日はクリスマス・イブなんだし。
夕佳　（客席を見て）うわー、視界の端から端まで、全部客席だ。役者って、どこに向かって演技してるの？

修造　全部だよ。千人いれば、千人に届くように頑張るんだ。
冴子　（早乙女に）大きな声を出してみてもいいですか？
早乙女　ご自由にどうぞ。
夕佳　（客席に向かって）メリー・クリスマス！　うーん、気持ちいい。
早乙女　（修造に）楽しい奥さんですね。
修造　ええ。お蔭様で、毎日がクリスマスです。
早乙女　良かったら、もっと続けてください。俺はホーキを片づけてきます。

早乙女が去る。反対側から、冴子とみちるがやってくる。

冴子　今、誰か叫んでなかった？
修造　さあ。気のせいじゃないか？
夕佳　ねえ、冴子。舞台からお客さんの顔って見えるの？
冴子　前の方の人は見えるけど、なるべく見ないようにしてる。でも、カーテンコールは別よ。笑顔で拍手してくれてるのを見ると、凄く嬉しい。
五木　プロデューサーとしては、そういう時の役者の顔を見るのが嬉しいんだ。
夕佳　そうだ。五木さん、明日のチケットを一枚、予約したいんだけど。
修造　夕佳ちゃんの分はもう頼んであるよ。
夕佳　私じゃなくて、新潟から来るお客さん。

修造　それって、もしかして。
みちる　夕佳ちゃん、パパを呼んだの？
夕佳　いけなかった？
みちる　全然。そうか、サンタってやっぱりいるのか。
夕佳　サンタ？
みちる　本番が始まってから、毎晩、サンタにお願いしてたんだ。「今年はプレゼントはいりませんから、パパに会わせてください」って。
冴子　あんた、サンタは信じてないんじゃなかったの？
みちる　だから、続きがあるのよ。「もし会わせてくれたら、信じてあげてもいいですよ」。
修造　なるほどね。
みちる　明日で終わりだから、もうダメかと思ってたんだ。パパが来てくれなかったら、お芝居をやった意味がないのに。
冴子　それじゃ、あんたがエイミーの役を引き受けたのは。
みちる　だって、こういうことでもなくちゃ、なかなか会えないでしょう？　ママは会いたくないかもしれないけど。
夕佳　（冴子に）ごめんね、勝手なことして。
冴子　ううん。みちるにとってはたった一人の父親なんだもの。娘が頑張ってる姿を見る権利はある。
夕佳　良かった。
五木　みちるちゃん、この公演が終わったらどうする？　役者を続ける？

みちる　まさか。私は宇宙飛行士になるの。でも、どうしてもって言われたら、あと一回ぐらいはやってもいいかな。

そこへ、城山が鞄を持ってやってくる。

城山　五木さん、みんな、楽屋で待ってますよ。
五木　ごめんごめん。（冴子たちに）じゃ、そろそろ行こうか。
城山　冴子さん、ちょっといいですか？
冴子　ダメ出しですか？
城山　違います。個人的な話です。
修造　個人的な話ね。（五木に）じゃ、俺たちは先に行ってようか。

みちる・修造・夕佳・五木が去る。が、物陰に隠れて、冴子と城山の様子を見る。

冴子　もしかして、みちるが何かやったんですか？
城山　とんでもない。みちるさんは本当によくやっていると思います。
冴子　それじゃ、やっぱり私ですか？
城山　いいえ、冴子さんにも文句はありません。
冴子　はっきりしてください。いつもの城山さんらしくないですよ。

城山　（鞄からリボンのついた箱を出して）これ、クリスマス・プレゼントです。
冴子　え？　私にですか？　どうして？
城山　え？　みちるさんから何も聞いてないんですか？
冴子　何を？
城山　僕の気持ちです。
冴子　気持ちって？
城山　参ったな。

そこへ、みちるが飛び出す。

みちる　城山さん、頑張れ！
冴子　あんた、聞いてたの？
みちる　城山さんが言わないなら、私が言っちゃいますよ。
冴子　何を？
みちる　ママは城山さんのベルなんだって。

城山がみちるを睨む。みちるが逃げる。と、みちるの背後には、修造・夕佳・五木・多岐川・哲郎・晴子・しおり・真紀・野坂・早乙女が立っている。みんなが城山を励ます。城山が冴子に何か言う。冴子が驚く。城山が箱を差し出す。冴子が箱を受け取る。

みちる　メリー・クリスマス！

冴子・城山が「メリー・クリスマス」と答える。すると、一緒に芝居を作った仲間たちが全員で「メリー・クリスマス」と答える。

〈幕〉

あとがき

大学を卒業してから三カ月間、私は小さな広告代理店に勤めていました。実は高校生の頃、コピーライターという職業に強く憧れていたのです。けれど、大学一年の終わりに演劇と出会って以来、そんなことはすっかり忘れていました。就職活動を始める段階になって、そうだ、コピーライターに挑戦しよう、と思い立ったのです。やってもみないで諦めるのは悔しいですから。

しかし当然、コピーの勉強などまったくしていなかったので、試験には落ちまくりました。たった一つだけ、総務の仕事なら来てもいいですよ、と言ってくれた会社がありました。受付やタイムカードの管理などが主な業務。残業はほとんどないから、退社後にコピーを教える学校にも通えるでしょう、と。

ありがたく入社させてもらい、週に三日、会社が終わるとコピー講座に通う毎日が始まりました。しかし、前の年にキャラメルボックスを結成したばかりで、第二回公演の準備も同時に始まっていました。まだまだ人数が少なく、やることだけは山のようにあって、二カ月経った頃には、早くも両立が難しくなってきました。これは既に、何かの公演のパンフレットで書いたのですが、辞めたい、と母に相談すると、「私（母）が倒れた、ってことにしなさい」と言ってくれました。当時、私は二十二歳。母は、こうも言ってくれました。「役者を本気でやりたいのなら、たぶん、遅いぐらいの年齢だと思う。最後のチャンスだと肝に銘じて、本気でやってみなさい」と。

そして、上司には「実家に戻る」と人生最大の嘘をつき、同期のメンバーだけには「芝居をやる」と打ち明け、短い会社員生活が終わりました。デザイナーの先輩に、「がんばって」と手を握られた時は、いっそ打ち明けてしまおうかと思いました。いつもは怖い経理の部長さんに、「笑顔だけは忘れずにね」と優しく言われた時も。けれど、どうしてもできませんでした。

私が芝居を、役者を続けることが、周囲のすべての人たちに受け入れられるとは思えませんでした。実際、同期のコピーライターからは、「俺は、馬鹿だと思う。夢だけじゃ食べていけないよ」と言われましたし。そう言いたくなる気持ちも、今ならよく理解できます。テレビに出られそうな容姿でもなく、一度は就職しようと考えておいて、しかも三カ月で音を上げた根性のなさ。今の私なら、間違いなく「考え直せ」と怒ります。

では、なぜ母は「やってみろ」と言ってくれたのか。それはたぶん、冒頭に書いた通り、私の「やる前に諦めるのが悔しい」性格を知っているからです。これだけは、どうも、ずっと変わらないようです。成井さんに「脚本を書け」と言われた時も、「演出もやってみないか」と言われた時も、最初はびびりまくったくせに、結局、「やらせてください」と答えたのは、そういう性格だからに違いありません。いえ、「悔しいから、やってみようかな」と感じること自体が、既に「やりたい」証拠なのでしょう。母は、そこまで見抜いていたのかもしれません。

さて、三カ月だけの同期の中に、明るくて気配りができて、すぐに誰とでも仲良く話せる、Wという女性がいました。私より年下でしたが、姉御肌の彼女には、「しっかりしなよ」と、何度も背中を叩かれました。私が退職する時も、Wが企画して、送別会を開いてくれました。その後も、一緒に食事をしたり、彼女の家へ泊まりに行ったり、Wが結婚するまでは、ちょくちょく会っていました。

確か、退職した次の年の初夏。Wと二人で、下田へ一泊旅行に行きました。晴れてたら泳げるかもしれないね、なんて話していたのに、当日は生憎の雨模様。「寒いー」と騒ぎながら海岸を歩き、海に面したホテルの部屋で、いろんなことを喋りました。その時、私は初めて、Wが高校生の頃、病院通いをしていたことを聞きました。原因不明の高熱が続き、辛い検査を何度も繰り返し、こんな思いをするぐらいなら死んでしまいたい、と考えたことを。「だから私は、たとえば今、こうやってあんたと喋ってるだけで、最高に幸せ、って感じるんだ」と。

ちょうどその頃、私は、相変わらず厳しい自分の生活状態に、ほんの少し後ろ向きな気持ちになっていました。このまま芝居を続けていいのか、私の選択は正しかったのか。彼女に、その気持ちを話したわけではありません。でも、下田から帰ってきた後は、好きなことをやれるだけでも幸せなんだ、と思うようになっていました。

『ヒトミ』の舞台は、下田のホテルです。執筆前、成井さんとの脚本会議で、場所を下田にしよう、と提案したのは成井さんだったと思うのですが、私の頭の中には、Wとの旅行が蘇りました。ヒトミには、大切な友人の典子がいます。私にとっては高校時代のWがヒトミであり、また、典子は私と知り合ってからのWだ、とも言えるのです。

九年ぶりの上演にあたって、成井さんとはまず、ヒトミと小沢の関係を見直す作業から始めました。演じる役者が違うこともありますが、初演の小沢は、ヒトミにとって、あまりにも理想的な恋人になってはいなかっただろうか、という反省があったからです。もちろん、そんなつもりで書いたわけではないのですが。今回、小沢を演じる大内君の意見も聞きながら、二人の気持ちがどう流れていくのかを徹底的に話し合いました。結果、劇中で何度か小沢が語る場面の科白は、初演とは全く違うものになっています。

今、この文章を書いているのは、稽古が始まって四日目です。稽古を通して、また、劇場でお客さんと出会って、『ヒトミ』は変わっていくでしょう。芝居は生き物だと私は思います。お客さんに見てもらうことで、反応してもらうことで、成長していくのだと。もし、この本を読んでいるあなたが、まだ一度も劇場へ足を運ばれたことがないのであれば、是非、機会を作っていただきたいです。

『マイ・ベル』は、一九九八年のクリスマスに上演した作品です。りゅーとぴあ・新潟市民芸術文化会館の柿落としに呼んでいただく、という、とても嬉しい出来事がありまして、成井さんが「舞台作りを一から描いてみよう」と言い出し、一度は女優を諦めた女性・冴子を主人公に設定しました。キャラメルボックスが実際に行なっている稽古や、それまでに経験した様々な事件を盛り込んだ舞台です。私が子供の頃から好きだった小説『若草物語』、成井さんも私も大好きな映画『グッバイ・ガール』も参考にしました。『マイ・ベル』を書く前に、『若草物語』の映画も見たのですが、古い方も、リメイク版も素晴らしい作品でした。できれば両方、見てほしいぐらいです。

そして、くじけそうになる冴子のお尻を叩く友人・夕佳が、やはり私にとってのWなのです。もう何年も、年賀状のやり取りしかしていないWへ、今さら「ありがとう」とは言えません。だから、私はまた、新しい作品を書くのだと思います。

二〇〇四年三月二十六日　四十代に入って一週間、『ヒトミ』の稽古に向かう前に　真柴あずき

『ヒトミ』

1995年		2004年
1995年5月21日～6月25日	上演期間	2004年4月24日～5月30日
シアターアプル	上演場所	シアターアプル
近鉄劇場		新神戸オリエンタル劇場

CAST

坂口理恵	水谷ヒトミ	小川江利子
上川隆也	小沢	大内厚雄
近江谷太朗	岩城	川原和久（劇団ショーマ）
真柴あずき	佐久間	真柴あずき
菅野良一	大友	筒井俊作
大森美紀子	郁代	中村恵子
岡田さつき	典子	前田綾
西川浩幸	朝比奈	篠田剛
今井義博	若杉	三浦剛
津田匠子	あつこ	津田匠子

STAGE STAFF

成井豊	演出	成井豊
白坂恵都子	演出助手	岡田さつき，白井直
	音楽監督	加藤昌史
キヤマ晃二	美術	キヤマ晃二
黒尾芳昭	照明	黒尾芳昭
早川毅	音響	早川毅
川崎悦子	振付	川崎悦子
熊岡右恭，勝本英志，大島久美	照明操作	熊岡右恭，勝本英志，穐山友則
小田切陽子	スタイリスト	丸山徹
	ヘアメイク	武井優子
C-COM	大道具	C-COM
きゃろっとギャング	小道具	酒井詠理佳
村岡晋	舞台監督	矢島健

PRODUCE STAFF

加藤昌史	製作総指揮	加藤昌史
ヒネのデザイン事務所＋森成燕三	宣伝デザイン	ヒネのデザイン事務所＋森成燕三
	宣伝写真	山脇孝志
伊東和則	舞台写真	伊東和則
㈱ネビュラプロジェクト	企画・製作	㈱ネビュラプロジェクト

『マイ・ベル』

上演期間	1998年11月6日～12月25日
上演場所	新潟市民芸術文化会館 新神戸オリエンタル劇場 サンシャイン劇場

CAST

冴子	坂口理恵
みちる	中村亮子
修造	西川浩幸
夕佳	岡田さつき
五木	岡田達也
城山	大内厚雄
多岐川	大森美紀子
哲郎	南塚康弘
晴子	前田綾
しおり	田嶋ミラノ（客演）
真紀	浅岡陽子／岡内美喜子
野坂	清水誉雄
早乙女	近江谷太朗

STAGE STAFF

演出	真柴あずき，成井豊
演出助手	石川寛美，白坂恵都子
美術	キヤマ晃二
照明	黒尾芳昭
音響	早川毅
振付	川崎悦子
照明操作	勝本英志
スタイリスト	小田切陽子
ヘアメイク指導	馮啓孝
大道具製作	C-COM
小道具	酒井詠理佳
舞台監督助手	桂川裕行
舞台監督	矢島健

PRODUCE STAFF

製作総指揮	加藤昌史
宣伝デザイン	ヒネのデザイン事務所＋森成燕三
宣伝写真	タカノリュウダイ
舞台写真	伊東和則
企画・製作	㈱ネビュラプロジェクト

成井豊（なるい・ゆたか）
1961年、埼玉県飯能市生まれ。早稲田大学第一文学部文芸専攻卒業。1985年、加藤昌史・真柴あずきらと演劇集団キャラメルボックスを創立。現在は、同劇団で脚本・演出を担当するほか、桜美林大学などで演劇の授業を行っている。代表作は『ナツヤスミ語辞典』『銀河旋律』『広くてすてきな宇宙じゃないか』など。

真柴あずき（ましば・あずき）
本名は佐々木直美（ささき・なおみ）。1964年、山口県岩国市生まれ。早稲田大学第二文学部日本文学専攻卒業。1985年、演劇集団キャラメルボックスを創立。現在は、同劇団で俳優・脚本・演出を担当するほか、外部の脚本や映画のシナリオなども執筆している。代表作は『月とキャベツ』『郵便配達夫の恋』『TRUTH』『我が名は虹』など。

CARAMEL LIBRARY Vol. 11
ヒ　ト　ミ

2004年 4 月24日　初版第 1 刷印刷
2004年 4 月30日　初版第 1 刷発行

著　者　成井豊+真柴あずき
発行者　森下紀夫
発行所　論創社
東京都千代田区神田神保町 2-23　北井ビル
tel. 03（3264）5254　fax. 03（3264）5232
振替口座　00160-1-155266
印刷・製本　中央精版印刷
ISBN4-8460-0485-6

CARAMEL LIBRARY

Vol. 1

俺たちは志士じゃない◉成井豊＋真柴あずき

キャラメルボックス初の本格派時代劇．舞台は幕末の京都．新選組を脱走した二人の男が，ひょんなことから坂本竜馬と中岡慎一郎に間違えられて思わぬ展開に…….『四月になれば彼女は』初演版を併録．　本体2000円

Vol. 2

ケンジ先生◉成井 豊

子供とむかし子供だった大人に贈る，愛と勇気と冒険のファンタジックシアター．中古の教師ロボット・ケンジ先生が巻き起こす，不思議で愉快な夏休み．『ハックルベリーにさよならを』『TWO』を併録．　本体2000円

Vol. 3

キャンドルは燃えているか◉成井 豊

タイムマシン製造に関わったために消された１年間の記憶を取り戻そうと奮闘する男女の姿を，サスペンス仕立てで描くタイムトラベル・ラブストーリー．『ディアーフレンズ，ジェントルハーツ』を併録．　本体2000円

Vol. 4

カレッジ・オブ・ザ・ウィンド◉成井 豊

夏休みの家族旅行の最中に，交通事故で５人の家族を一度に失った少女ほしみと，ユーレイとなった家族たちが織りなす，胸にしみるゴースト・ファンタジー．『スケッチブック・ボイジャー』を併録．　本体2000円

Vol. 5

また逢おうと竜馬は言った◉成井 豊

気弱な添乗員が，愛読書「竜馬がゆく」から抜け出した竜馬に励まされながら，愛する女性の窮地を救おうと奔走する，全編走りっぱなしの時代劇ファンタジー．『レインディア・エクスプレス』を併録．　本体2000円
